目录

山　盟

山，在那上面等他。从一切历书以前，峻峻然，巍巍然，从五行和八卦以前，就在那上面等他了。树，在那上面等他。从汉时云秦时月从战国的鼓声以前，就在那上面。就在那上面等他了。虬虬蟠蟠，那原始林。太阳，在那上面等他。赫赫洪洪荒荒。太阳就在玉山背后。新铸的古铜锣。当的一声轰响，天下就亮了。

这个约会太大，大得有点像宗教。一边是，山，森林，太阳。另一边，仅仅是他。山是岛的贵族，正如树是山的华裔。登岛而不朝山，是无礼。这山盟，一爽竟爽了二十年。其间他曾经屡次渡海，膜拜过太平洋和巴士海峡对岸，多少山。在科罗拉多那山国一闭就闭了两年。海拔一英里之上，高高晴晴冷冷，是六百多天的乡愁。一万四千英尺以上的不毛高峰，狼牙交错，白森森将他禁锢在里面，远望也不能当归，高歌也不能当注。他成了世界上最高的浪子，石囚。只是山中的岁月，太长，太静了，连摇滚乐的电吉他也不能一声划破。那种高高在上的岑寂，令他不安。一场大劫正蹂躏着东方，多少族人在水里，火里，唯独他学桓景登高避难，过了两个重九还不下山。

春秋佳日，他常常带了四个小女孩去攀落基山。心惊胆战，脚麻手酸，好不容易爬到峰巅。站在一丛丛一簇簇的白尖白顶之上，反而怅然若失了。爬啊爬啊爬到这上面来了又怎么样呢？四个小女孩在新大陆玩得很高兴。她们只晓得新大陆，不晓得旧大陆。“问君西游何时还。畏途巉岩不可攀。”忽然他觉得非常疲倦。体魄魁梧的昆仑山，在远方喊他。母亲喊孩子那样喊他回去。那昆仑山系，所有横的岭侧的峰，上面所有的神话和传说。落基山美是美雄伟是雄伟，可惜没有回忆没有联想不神秘。要神秘就要峨眉山五台山普陀山武当山青城山庐山泰山，多少寺多少塔多少高僧、隐士、豪侠。那一切固然令他神往，可是最最亲心的，是噶达素齐老峰。那是昆仑山之根，黄河之源。那不是朝山，是回家，回到一切的开始。有一天应该站在那上面，下面摊开整幅青海高原，看黄河，一条初生的脐带，向星宿海吮取生命。他的魂魄，就化成一只雕，向山下扑去。浩大圆浑的空间，旋，令他目眩。

那只是，想想过瘾罢了。山不转路转，路不转人转。747才是一只越洋大雕，把他载回海岛。1972年。昆仑山仍在神话和云里。黄河仍在《诗经》里流着。岛有岛神，就先朝岛上的名山吧。

上山那一天，正碰上寒流，气温很低。他们向冷上加冷的高处出发。朱红色的小火车冲破寒雾，在渐渐上升的轨道上奔驰起来，不久，嘉义城就落在背后的平原上了。两侧的甘蔗田和香蕉变成相思树和竹林。过了竹崎，地势渐高渐险，轨旁的林木也渐渐挺直起来，在已经够陡的坡上，将自己拔向更高的空中。最后，车窗外升起铁杉和扁柏，像十里苍苍的仪队，在路侧排开。也许怕风景不够柔媚，偶尔也亮起几树流霞一般明艳的樱花，只是惊喜的一瞥，还不够为车道镇一条花边。

路转峰回，小火车呜呜然在狭窄的高架桥上驰过。隔着车窗，山谷愈来愈深，空空茫茫的云气里，脚下远远地，只浮出几丛树尖，下临无地，好令人心悸。不久，黑黝黝的山洞一口接一口来吞噬他们的火车。他们咽进了山的盲肠里，汽笛的惊呼在山的内脏里回荡复回荡。阿里山把他们吞进去，吞进去又吐出来，算是朝山之前的小小磨练。后来才发现，山洞一共四十九条，窄桥一共八十九座。一关关闯上去，很有一点《西游记》的味道。

过了十字路，山势益险，饶它是身材窈窕的迷你红火车，到三千多尺的高坡上，也回身乏术了。不过，难不倒它，行到绝处，车尾忽然变成车头，以退为进，潇潇洒洒，循着Z字形zigzagzig那样倒溜冰一样倒上山去。同时森林愈见浓密，枝叶交叠的翠盖下，难得射进一隙阳光。浓影所及，车厢里的空气更觉得阴冷逼人。最后一个山洞把他们吐出来，洞外的天蓝得那样澈底，阿里山，已经在脚下了。

终于到了阿里山宾馆，坐在餐厅里。巨幅玻璃窗外，古木寒山，连绵不绝的风景匍匐在他的脚下。风景时时在变，白云怎样回合群峰就怎样浮浮沉沉像嬉戏的列岛。一队白鸽在谷口飞翔，有时退得远远的，有时浪沫一样地忽然卷回来，眺者自眺，飞者自飞。目光所及，横卧的风景手卷一般展过去展过去展开米家霭霭的烟云。他不知该餐脚下的翠微，或是，回过头来，满桌的人间烟火。山中清纯如酿的空气，才吸了几口，饥意便在腹中翻腾起来。他饿得可以餐赤松子之霞，饮麻姑之露。

“爸爸，不要再看了。”佩珊说。

“再不吃，樟肉就要冷了。”咪也在催。

回过头来，他开始大嚼山珍。

午后的阳光是一种黄澄澄的幸福，他和矗立的原始林和林中一切鸟一切虫自由分享。如果他有那样一把剪刀，他真想把山上的阳光剪一方带回去，挂在他们厦门街的窗上，那样，雨季就不能围困他了。金辉落在人肌肤上，干爽而温暖，可是四周的空气仍然十分寒冽，吸进肺去，使人神清意醒，有一种要飘飘升起的感觉。当然，他并没有就此飞逸，只是他的眼神随昂昂的杉柏从地面拔起，拔起百尺的尊贵和肃穆之上，翠纛青盖之上，是蓝空，像传说里要我们相信的那样酷蓝。

而且静。海拔七千英尺以上那样的，万籁沉淀到底，阒寂的隔音。值得歌颂的，听觉上全然透明的灵境。森林自由自在地行着深呼吸。柏子闲闲落在地上。绿鸠像隐士一样自管自地吟啸。所以耳神经啊你就像琴弦那么松一松吧，今天轮到你休假。没有电铃会奇袭你的，没有电话没有喇叭会施刑。没有车要躲灯要看没有繁复的号码要记没有钟表。就这么走在光洁的青板石道上，听自己清清楚楚的足音，也是一种悦耳的音乐。信步所之，要慢，要快，或者要停。或者让一只蚂蚁横过，再继续向前。或者停下来，读一块开裂的树皮。

或者用惊异的眼光，久久，向僵死的断树桩默然致敬。整座阿里山就是这么一所户外博物馆，到处暴露着古木的残骸。时间，已经把它们雕成神奇的艺术。虽死不朽，丑到极限竟美了起来。据说，大半是日治时代伐余的红桧巨树，高贵的躯干风中雨中不知矗立了千年百年，坎坎的斧斤过后，不知在什么怀乡的远方为栋为梁，或者凌迟寸碟，散作零零星星的家具器皿。留下这一盘盘一蛇蛇硕老无朋的树根，夭矫顽强，死而不仆，在日起月落秦风汉雨之后，虬蟠纠结，筋骨尽露的指爪，章鱼似的，犹紧紧抓住当日哺乳的后土不放。霜皮龙鳞，肌理纵横。顽比锈钢废铁，这些久僵的无头尸体早已风化为树精木怪。风高月黑之夜，可以想见满山蠢蠢而动，都是这些残缺的山魈。

幸好此刻太阳犹高，山路犹有人行。艳阳下，有的树桩削顶成台，宽大可坐十人。有的扭曲回旋，畸陋不成形状。有的枯木命大，身后春意不绝，树中之王一传而至二世，再传而至三世，发为三代同堂，不，同根的奇观。先主老死枯槁，蚀成一个巨可行牛的空洞；父王的僵尸上，却亭亭立着青翠的王子。有的昂然庞然，像一个象头，鼻牙嵯峨，神气俨然。更有一些断首缺肢的巨桧，狞然戟刺着半空，犹不甘忘却，谁知道几世纪前的那场暴风雨，劈空而来，横加于他的雷殛。

正嗟叹间，忽闻重物曳引之声，深匐匐地，辗地而来。异声愈来愈近，在空山里激荡相磨，很是震耳。他外文系出身，自然而然想起凯兹奇尔的仙山中，隆隆滚球为戏的那群怪人。大家都很紧张。小女孩们不安地抬头看他。辗声更近了。隔着繁密的林木，看见有什么走过来。是——两个人。两个血色红润的山胞，气喘咻咻地拖着直径几约两呎的一截木材，辗着青石板路跑来。怪不得一路上尽是细枝枝道，每隔尺许便置一条。原来拉动木材，要靠它们的滑力。两个壮汉哼哼哈哈地曳木而过，脸上臂上，闪着亮油油的汗光。

姐妹潭一掬明澄的寒水，浅可见底。迷你小潭，传说着阿里山上两姐妹殉情的故事。管它是不是真的呢，总比取些道貌可憎的名字好吧。

“你们四姐妹都丢个铜板进去，许个愿吧。”

“看你做爸爸的，何必这么欧化？”

“看你做妈妈的，何必这么缺乏幻想。管它。山神有灵，会保佑她们的。”

珊珊、幼珊、佩珊。相继投入铜币。眼睛闭起，神色都很庄重，丢罢，都绽开满意的笑容。问她们许些什么大愿时，一个也不肯说。也罢。轮到最小的季珊，只会嬉笑，随随便便丢完了事。问她许的什么愿，她说，我不知道，姐姐丢了，我就要丢。

他把一枚铜币握在手边，走到潭边，面西而立，心中暗暗祷道：“希望有一天能把这几个小姐妹带回家去，带回她们真正的家，去踩那一片博大的后土。新大陆，她们已经去过两次，玩过密歇根的雪，涉过落基山的溪，但从未被长江的水所祝福。希望，有一天能回到后土上去朝山，站在全中国的屋脊上，说，看啊，黄河就从这里出发，长江就在这里吃奶。要是可能，给我七十岁或者六十五，给我一间草庐，在庐山，或是峨眉山上，给我一根藤杖，一卷七绝，一个琴童，几位棋友，和许多猴子许多云许多鸟。不过这个愿许得太奢侈了。阿里山神啊，能为我接通海峡对面五岳千峰的大小神明吗？

姐妹潭一展笑靥，接去了他的铜币。

“爸爸许得最久了。”幼珊说。

“到了那一天，无论你们嫁到多远的地方去，也不关我的事了。”他说。

“什么意思嘛？”

“只有猴子做我的邻居。”他说。

“哎呀好好玩！”

“最后，我也变成一只——千年老猿。像这样。”他做出欲攫季珊的姿态。

“你看爸爸又发神经了。”

慈云寺缺乏那种香火庄严禅房幽深的气氛。岛上的寺庙大半如此，不说也罢。倒是那所“阿里山森林博物馆”，规模虽小，陈设也简陋单调，离国际水准很远，却朴拙天然，令人觉得可亲。他在那里面很低回了一阵。才一进馆，颈背上便吹来一股肃杀的冷风。昂过头去。高高的门楣上，一把比一把狞恶，排列着三把青锋逼人的大钢锯。森林的刽子手啊，铁杉与红桧都受害于你们的狼牙。堂上陈列着阿里山五木的平削标本，从浅黄到深灰，色泽不一，依次是铁杉、峦大杉、台湾杉、红桧、扁柏。露天走廊通向陈列室。阿里山上的飞禽走兽，从云豹、麂、山猫、野山羊、黄鼠狼到白头鼯鼠，从绿鸠、蛇鹰到黄鱼（鸮），莫不展现它们生命的姿态。一个玻璃瓶里，浮着一具小小的桃花鹿胚胎，白色的胎衣里，鹿婴的眼睛还没有睁开。令他低回的，不是这些，是沿着走廊出来，堂上庞然供立，比一面巨鼓还要硕大的，一截红桧木的横剖面。直径宽于一只大鹰的翼展，堂堂的木面竖在那里，比人还高。树中高贵的族长，它生于宋神宗熙宁十年，也就是公元一〇七七年。中华民国元年，也就是明治四十五年，日本人采伐它，千里迢迢，运去东京修造神社。想行刑的那一天，须髯临风，倾天柱，倒地根，这长老长啸仆地的时候，已经有八百三十五岁的高龄了。一个生命，从北宋延续到清末，成为中国历史的证人。他伸出手去，抚摸那伟大的横断面。他的指尖溯帝王的朝代而入，止于八百多个同心圆的中心。多么神秘的一点，一个崇高的生命便从此开始。那时苏轼正是壮年，宋朝的文化正盛开，像牡丹盛开在汴梁，欧阳修墓上犹新，黄庭坚周邦彦的灵感犹畅。他的手指按在一个古老的春天上。美丽的年轮轮回着太阳的光圈，一圈一圈向外推开，推向元，推向明，推向清。太美了。太奇妙了。这些黄褐色的曲线，不是年轮，是中国脸上的皱纹。推出去，推向这海岛的历史。喏，也许是这一圈来了葡萄牙人的三桅战船。这一年春天，红毛鬼闯进了海峡。这一年，国姓爷的楼船渡海东来。大概是这一圈杀害了吴凤。有一年龙旗降下升起太阳旗。有一年他自己的海轮来泊在基……不对不对，那是最外的一圈之外了，喏，大约在这里。他从古代的梦中醒来，用手指划着虚空。

“爸爸，你在干什么呀？”季珊抬头看着他。

他抓住她的小手指，从外向内数，把她的指尖按在第十六圈上。

“公公就是这一年。”他说。

“公公这一年怎么啦？”她问。

走回宾馆，太阳就下山了。宋朝以前就是这样子，汉以前周以前就是这太阳，神农和燧人以前。在那尊巨红桧的心中，春来春去，画了八百圈年轮的长老，就是这太阳。在它眼中，那红桧和岛上一切的神木，都像小孩子一样幼稚吧。后羿留给我们的，这太阳。

此刻它正向谷口落下去，像那巨红桧小时候看见的那样，缓缓落了下去。千树万树，在无风的岑寂中肃立西望，参加一幕壮丽无比的葬礼。火葬烧着半边天。宇宙在降旗。一轮橙红的火球降下去，降下去，圆得完美无憾的火球啊！怪不得一切年轮都是他的摹仿，因为太阳造物以他自己的形象。

快要烧完了。日轮半陷在暗红的灰烬里，愈沉愈深。山口外，犹有殿后的霞光在抗拒四围的夜色，横陈在地平线上的，依次是惊红骇黄怅青惘绿和深不可泳的诡蓝渐渐沉溺于苍黛。怔望中，反托在空际的林影全黑了下来。

最后，一切都还给纵横的星斗。

但是太阳会收复世界的，在玉山之颠。在崦嵫山里这只火凤凰会铸冶新的光芒。高处不胜苦寒。他在两条厚毛毯里，瑟缩犹难入梦，盘盘旋旋的山路，还在腿上作麻。夜，太静了。毛黑茸茸的森林似乎有均匀的鼾息。不要错过日出不要，他一再提醒自己。我要亲眼看神怎样变戏法，那只火凤凰怎样突破蛋黄怎样飞起来，不要错过不要。他似乎枕在一座活火山上，有一种美丽的不安。梦是一床太短的被，无论如何也盖不完满。约会女友的前夕，从前，也有过这症状。无以名之，叫它做幸福症吧。睡吧睡吧不要真错过了不要。

走到祝山顶上，已经是六点半了。虽然是华氏四十度的气温，大家都喘着气，微有汗意。脸上都红通通的，“阿里山的姑娘”，他戏呼她们。天色透出鱼肚白，群峰睡意尚未消尽。雾气在下面的千壑中聚集。没有风。只有一只鸟，在新鲜的静寂中试投着它的清音。啾啾唧啾啾唧啭啭唧唧。屏息的期待中，东方的天壁已经炙红了一大片。“快起来了，快起来了。”他回过头去，观日楼下的广场上，已然麇集了百多位观众，在迎接太阳的诞生。已经冻红的脸上，更反映着熊熊的霞光。

“上来了！”

“上来了！”

“太阳上来了上来了！”

浩阔的空间引爆出一阵集体的欢呼。就在同时，巍峨的玉山背后，火山猝发一样迸出了日头，赤金晃晃，千臂投手向他们投过来密密集集的标枪。失声惊呼的同时，一阵刺痛，他的眼睛也中了一枪。簇新的光，簇新簇新的光，刚刚在太阳的丹炉里炼成，猬集他一身。在清虚无尘的空中飞啊飞啊飞了八分钟，扑到他身上这簇光并未变冷。巨铜锣玉山上捶了又捶，神的噪音金融融的赞美诗火山熔浆一样滚滚而来，观礼的凡人全擎起双臂忘了这是一种无条件降服的仪式在海拔七千英尺以上。一座峰接一座峰在接受这样灿烂的祝福，许多绿发童子在接受那长老摩挲头颅。不久，福建和浙江也将天亮。然后是湖北和四川。庐山与衡山。秦岭与巴山。然后是漠漠的青海高原。溯长江溯黄河而上噫吁嚱危乎高哉天苍苍野茫茫的昆仑山天山帕米尔的屋顶。太阳抚摸的，有一天他要用脚踵去膜拜。

可是他不能永远这样许下去，这长愿。四个小女孩在那边喊他。小红火车在高高的站上喊他，因为嘉义在下面的平原上喊小红火车。该回家了，许多声音在下面那世界喊他。许多街许多巷子许多电话电铃许多开会的通知限时信。许多电梯许多电视天线在许多公寓的屋顶。许多许多表格在阴暗的许多抽屉等许多图章的打击。第二手的空气。第三流的水。无孔不入无坚不摧，文明的赞美诗，噪音。什么才是家呢？他属于下面那世界吗？

火车引吭高呼。他们下山了。六千呎。五千五。五千。他的心降下去。四十九个洞。八十九座桥。煞车的声音起自铁轨，令人心烦。把阿里山还给云豹。还给鹰和鸠。还给太阳和那些森林。荷兰旗。日本旗。森林的绿旌绿帜是不降的旗。四十九个洞。千年亿年。让太阳在上面画那些美丽的年轮。

海　缘

1

曹操横槊赋诗，曾有“山不厌高，海不厌深”之句。这意思，李斯在《谏逐客书》里也说过。尽管如此，山高与海深还是有其极限的。世界上的最高峰，珠穆朗玛峰，海拔是二万九千零二十八英尺，但是最深的海沟，所谓马里亚纳海沟（Mariana Trench），却低陷三万六千二百零一英尺。把世上蟠蜿的山脉全部浸在海里，没有一座显赫的峰头，能出得了头。

其实也不必这么费事了。就算所有的横岭侧峰都穿云出雾，昂其孤高，在众神或太空人看来，也无非一钵蓝水里供了几簇青绿的假山而已。在我们这水陆大球的表面，陆地只得十分之三，而且四面是水，看开一点，也无非是几个岛罢了。当然，地球本身也只是一丸太空孤岛，注定要永久飘泊。

话说回来，在我们这仅有的硕果上，海洋，仍然是一片伟大非凡的空间，大得几乎有与天相匹的幻觉。害得曹操又说："日月之行，若出其中。星汉灿烂，若出其里。"也难怪《圣经》里的先知要叹道："千川万河都奔流入海，却没有注满海洋。"豪斯曼更说："滂沱雨入海，不改波涛咸。"

无论文明如何进步，迄今人类仍然只能安于陆栖，除了少数科学家之外，面对大海，我们仍然像古人一样，只能徒然叹其敻辽，羡其博大，却无法学鱼类的摇鳍摆尾，深入湛蓝，去探海若的宝藏，更无缘迎风振翅，学海鸥的逐波巡浪。退而求其次，望洋兴叹也不失为一种安慰：不能入乎其中，又不能凌乎其上，那么，能观乎其旁也不错了。虽然世界上水多陆少，真能住在海边的人毕竟不多。就算住在水城港市的人也不见得就能举头见海，所以在高雄这样的城市，一到黄昏，西子湾头的石栏杆上，就倚满了坐满了看海的人。对于那一片汪洋而言，目光再犀利的人也不过是近视，但是望海的兴趣不因此稍减。全世界的码头、沙滩、岩岸，都是如此。

中国大陆的海岸线颇长，加上台湾和海南岛，就更可观。我们这民族，望海也不知望了多少年了，甚至出海、讨海，也不知多少代了。奇怪的是，海在我们的文学里并不占什么分量。虽然孔子在失望的时候总爱放出空气，说什么“道不行，乘桴浮于海”。害得子路空欢喜一场，结果师徒两人当然都没有浮过海去。庄子一开卷就说到南溟，用意也只是在寓言。中国文学里简直没有海洋。像曹操《观沧海》那样的短制已经罕见了，其他的作品多如李白所说：“海客谈瀛洲，烟涛微茫信难求。”甚至《镜花缘》专写海外之游，真正写到海的地方，也都草草带过。

西方文学的情况大不相同，早如希腊罗马的史诗，晚至康拉德的小说，处处都听得见海涛的声音。英国文学一开始，就嗅得到咸水的气味，从《贝奥武夫》和《航海者》里面吹来。中国文学里，没有一首诗写海能像梅士菲尔的《拙画家》（*Dauber*）那么生动，更没有一部小说写海能比拟《白鲸》那么壮观。这种差距，在绘画上也不例外。像席里柯（Theodore Gericault）、德拉克罗瓦、唐纳德等人作品中的壮阔海景，在中国画中根本不可思议。为什么我们的文艺在这方面只能望洋兴叹呢？

2

我这一生，不但与山投机，而且与海有缘，造化待我也可谓不薄了。我的少年时代，达七年之久在四川度过，住的地方在铁轨、公路、电话线以外，虽非桃源，也几乎是世外了。白居易的诗句“蜀江水碧蜀山青”，七个字里容得下我当时的整个世界。蜀中天地是我梦里的青山，也是我记忆深处的“腹地”。没有那七年的山影，我的“自然教育”就失去了根基。可是当时那少年的心情却向往海洋，每次翻开地图，一看到海岸线就感到兴奋，更不论群岛与列屿。

海的呼唤终于由远而近。抗战结束，我从千叠百障的巴山里出来，回到南京。大陆剧变的前夕，我从金陵大学转学到厦门大学，读了一学期后，又随家庭迁去香港，在那海城足足做了一年难民。在厦门那半年，骑单车上学途中，有两三里路是沿着海边，黄沙碧水，飞轮而过，令我享受每一寸的风程。在香港那一年，住在陋隘的木屋里，并不好受，却幸近在海边，码头旁的大小船艇，高低桅樯，尽在望中。当时自然不会知道：这正是此生海缘的开始。隔着台湾海峡和南中国海的北域，厦门、香港、高雄，布成了我和海的三角关系。厦门，是过去时了。香港，已成了现在完成时，却保有视觉暂留的鲜明。高雄呢，正是现在进行时。

至于台北，住了几乎半辈子，却陷在四围山色里，与海无缘。住在台北的日子，偶因郊游去北海岸，或是乘火车途经海线，就算是打一个蓝汪汪的照面吧，也会令人激动半天。那水蓝的世界，自给自足，宏美博大而又起伏不休，每一次意外地出现，都令人猛吸一口气，一惊，一喜，若有天启，却又说不出究竟。

3

现在每出远门，都非乘飞机不可了。想起坐船的时代，水拍天涯，日月悠悠，不胜其老派旅行的风味。我一生的航海经验不多，至少不如我所希望的那么丰富。抗战的第二年，随母亲从上海乘船过香港而去安南。大陆剧变那年，先从上海去厦门，再从厦门去香港，也是乘船。从香港第一次来台湾，也是由水路在基隆登陆。最长的一程航行，是留美回国时横渡太平洋，从旧金山经日本、琉球，沿台湾东岸，绕过鹅銮鼻而抵达高雄，历时约为一月。在日本外海，我们的船，招商局的海健号，遇上了台风，在波上俯仰了三天。过鹅銮鼻的时候，正如水手所说，海水果然判分二色：太平洋的一面墨蓝而深，台湾海峡的一面柔蓝而浅。所谓海流，当真是各流各的。

那已是近三十年前的事，后来长途旅行，就多半靠飞而不靠浮了。记得只有从美国大陆去南太基岛，从香港去澳门，以及往返英法两国越过多佛尔海峡，是坐的渡船。

要是不赶时间，我宁坐火车而不坐飞机。要是更从容呢，就宁可坐船。一切交通工具里面，造型最美，最有气派的该是越洋的大船了，怪不得丁尼生要说the stately ships。要是你不拘形貌，就会觉得一艘海船，尤其是漆得皎白的那种，凌波而来的闲稳神态，真是一只天鹅。

站在甲板上或倚着船舷看海，空阔无碍，四周的风景伸展成一幅无始无终的宏观壁画，却又比壁画更加壮丽、生动，云飞浪涌，顷刻间变化无休。海上看晚霞夕烧全部的历程，等于用颜色来写的抽象史诗。至于日月双球，升落相追，更令人怀疑有一只手在天外抛接。而无论有风或无风，迎面而来的海气，总是全世界最清纯可口的空气吧。海水咸腥的气味，被风浪抛起，会令人莫名其妙地兴奋。机房深处沿着全船筋骨传来的共振，也有点催眠的作用。而其实，船行波上，不论是左右摆动，或者是前后起伏，本身就是一只具体而巨的摇篮。

晕船，是最煞风景的事了。这是海神在开陆栖者的小小玩笑，其来有如水上的地震，虽然慢些，却要长些，真令海客无所遁于风浪之间。我曾把起浪的海叫做“多峰驼”，骑起来可不简单。有时候，浪间的船就像西部牛仔胯下的蛮牛顽马，腾跳不驯，要把人抛下背来。

4

海的呼唤愈远愈清晰。爱海的人，只要有机会，总想与海亲近。今年夏天，我在汉堡开会既毕，租了一辆车要游西德。当地的中国朋友异口同声，都说北部没有看头，要游，就要南下，只为莱茵河、黑森林之类都在低纬的方向。我在南游之前，却先转过车头去探北方，因为波罗的海吸引了我。当初不晓得是谁心血来潮，把Baltic Sea译成了波罗的海，真是妙绝。这名字令人想起林亨泰的名句："然而海，以及波的罗列。"似乎真眺见了风吹浪起，海叠千层的美景。当晚果然投宿在路边的人家，次晨便去卡佩恩（Kappeln）的沙岸看海。当然什么也没有，只有蓝茫茫的一片，反晃着初日的金光，水平线上像是浮着两朵方蕈，白得影影绰绰的，该是钻油台吧。更远处，有几只船影疏疏地布在水面，像在下一盘玄妙的慢棋。近处泊着一艘渡轮，专通丹麦，船身白得令人艳羡。这，就是波罗的海吗？

去年五月，带了妻女从西雅图驶车南下去旧金山，不取内陆的坦途，却取沿海的曲道，为的也是观海。左面总是挺直的杉林张着翠屏，右面，就是一眼难尽的，啊，太平洋了。长风吹阔水，层浪千折又万折，要折多少折才到亚洲的海岸呢？中间是什么也没有，只有难以捉摸，唉，永远也近不了的水平线其实不平也不是线。那样空旷的水面，再大的越洋货柜轮，再密的船队也莫非可怜的小甲虫在疏疏的经纬网上蠕蠕地爬行，等暴风雨的黑蜘蛛扑过来一一捕杀。从此地到亚洲，好大的一弧凸镜鼓着半个地球，像眼球横剖面的水晶体与玻璃体，休要小觑了它，里面摆得下十九个中国。这么浩渺，令人不胜其……乡愁吗，不是的，不胜其惘惘。

第一夜我们投宿在俄勒冈州的林肯村。村小而长，我们找到那家汽车旅馆（motel），在风涛声里走下三段栈道似的梯级，才到我们那一层楼。原来小客栈的正面背海向陆，斜叠的层楼依坡而下，一直落到坡底的沙滩。开门进房，迎面一股又霉又潮的海气，赶快扭开暖气来驱寒。落地的长窗外，是空寂的沙，沙外，是更空寂的海，潮水一阵阵地向沙地卷过来，声撼十方。就这么，梦里梦外，听了一夜的海。全家四人像一窝寄生蟹，住在一只满是回音的海螺里。

第二夜进入加州，天已经暗下来了，就在边境的新月镇（Crescent City）歇了下来。那小镇只有三两条街，南北走向，与涛声平行。我们在一家有楼座的海鲜馆临窗而坐，一面嚼食蟹甲和海扇壳里剥出来的嫩肉，一面看海岸守卫队的巡逻艇驶回港来，桅灯在波上随势起伏。天上有毛边的月亮，淡淡地，在蓬松的灰云层里出没。海风吹到衣领里来，已经是初夏了，仍阴寒逼人。回到客栈，准备睡了，才发觉外面竟有蛙声，这在我的美国经验里，却是罕有，倒令人想起中国的水塘来了。远处的岬角有灯塔，那一道光间歇地向我们窗口激射过来，令人不安。最祟人的，却是深沉而悲凄的雾号，也是时作时歇，越过空阔的水面，一直传到海客的枕前。这新月镇不但孤悬在北加州的边境，距俄勒冈只有十英里，而且背负着巨人族参天的红木森林，面对着太平洋，正当海陆之交，可谓双重的边镇。这样的边陲感，加上轮转的塔光与升沉的雾号，使我梦魂惊扰，真的是“一宿行人自可愁”了。

次日清早被涛声撼起，开门出去，一条公路从南方绕过千重的湾岬伸来，把我们领出这小小的海驿。

5

仁者乐山，智者乐水，圣人曾经说过。爱水的人果真是智者吗？那么，爱海的人岂非大智？其实攀山与航海的人更是勇者，因为那都是冒险的探索，那种喜悦往往会以身殉。在爱海人里，我只是一个陆栖的旁观者，颇像西方人对猫的嘲笑：“性爱戏水，却怕把脚爪弄潮。”水手和渔夫在咸风咸浪里讨生活，才是真正下水的爱海人。真正的爱海人吗？也许是爱恨交加吧？譬如爱情，也可分作两类：深入的一类该也是爱恨交加的，另一类虽未必深入，却不妨其为自作多情。我正是对海单相思的这一类。

十二年来我一直住在海边，前十一年在香港，这一年来在高雄。对于单恋海洋的陆栖者，也就是四川人嘲笑的旱鸭子而言，这真是至福与奇缘。世界上再繁华的内陆都市，比起就算是较次的什么海港来，总似乎少了一点退步，一点可供远望与遐思的空间。住在海边，就像做了无限（Infinity）的邻居，一切都会看得远些看得开些吧。海，是不计其宽的路，不闭之门，常开之窗。再小的港城，有了一整幅海天为背景，就算剧台本身小些，观众少些，也显得变化多姿，生动了起来，就像写诗和绘画都需要留点空白一样。有水，风景才显得灵活。所以中国画里，明明四围山色，眼看无计可施了，却凭空落下来一泻瀑布，于是群山解颜。巴黎之美，要是没有塞纳河一以贯之，萦回而变化之，也会逊色许多。台北本来有一条河可以串起市景，却不成其为河了。高雄幸而有海。

海是一大空间，一大体积，一个伟大的存在。海里的珍珠与珊瑚，水藻与水族，遗宝与沉舟，太奢富了，非陆栖者所能探取。单恋海的人能做一个“观于海者”，像孟轲所说的那样，也就不错了。不过所谓观于海当然也不限于观；海之为物，在感性上可以观、可以听、可以嗅、可以触，一步近似一步。

香港的地形百转千回，无非是岛与半岛，不要说地面上看不清楚了，就连在飞机上观者也应接不暇。最大的一块面积在新界，其状有如不规则的螃蟹，所有的半岛都是它伸爪入海的姿势。半岛既多，更有远岛近矶呼应之胜，海景自然大有可观。就这一点说来，香港的海景看不胜看，因为每转一个弯，山海洲矶的相对关系就变了，没有谁推开自己的窗子便能纵览香港的全貌。

钟玲在香港大学的宿舍面西朝海，阳台下面就是汪洋，远航南洋和西欧的巨舶，都在她门前路过。我在中文大学的楼居面对的却是内湾，叫吐露港，要从东北的峡口出去，才能汇入南中国海。所以我窗外的那一片潋滟水镜，虽然是海的婴孩，却更像湖的表亲。除非是起风的日子，吐露港上总是波平浪静，潮汐不惊。青山不断，把世界隔在外面，把满满的十里水光围在里面，自成一个天地。我就在那里看渡船来去，麻鹰飞回，北岸的小半岛蜿蜒入水，又冒出水面来浮成苍苍的四个岛丘，更远处是一线长堤，里面关着一潭水库。

6

去年九月，我从香港迁来高雄，幸而海缘未断，仍然是住在一个港城。开始的半年住在市区的太平洋大厦，距海岸还有两三公里，所以跟住在内陆都市并无不同。可是中山大学在西子湾的校园却海阔天空，日月无碍。文学院是红砖砌成的一座空心四方城，我的办公室在顶层的四楼，朝西的一整排长窗正对着台湾海峡，目光尽处只见一条渺渺的水平线，天和海就在那里交界，云和浪就在那里会合了。那水平线常因气候而变化。在阴天，灰云沉沉地压在海上，波涛的颜色黯浊，更无反光，根本指不出天和水在哪里接缝。要等大晴的日子，空气彻彻透明，碧海与青天之间才会判然划出一道界线，又横又长，极尽抽象之美，令人相信柏拉图所说的“天行几何之道”（God always geometrizes）。其实水平线不过是海的轮廓，并没有那么一条线，要是你真去追逐，将永无接近的可能，更不提捉到手了。可是别小觑了那一道欺眼的幻线，因为远方的来船全是它无中生有变出来的，而出海的船只，无论是轩昂的货柜巨轮，或是匍行波上的舴艋小艇，也一一被它拐去而消磨于无形。

水平线太玄了，令人迷惑；也太远了，不如近观拍岸的海潮。孟子不就说过吗，“观水有术，必观其澜”。世界上所有的江河都奔流入海，而所有的海潮都扑向岸来，不知究竟要向大地索讨些什么。对于观海的人，惊涛拍岸是水陆之间千古不休的一场激辩，岸说：“到此为止了，你回去吧。”浪说：“即使粉身碎骨，我还是要回来！”于是一排排一列列的浪头昂然向岸上卷来，起起落落，一面长鬣翻白，口沫飞溅，最后是绝命的一撞之后喷成了半天的水花，转眼就落回了海里，重新归队而开始再次的轮回。这过程又像是单调而重复，又像是变化无穷，总之有一点催眠，所以看海的眼睛都含着几分玄想。

西子湾的海潮，从旗津北端的防波堤一直到柴山脚下的那一堆石矶，浪花相接，约莫有一里多长，十分壮观。起风的日子，汹涌的来势尤其可惊，满岸都是哗变的嚣嚣。外海的剧浪，捣打在防波堤上，碎沫飞花喷溅过堤来，像一株株旋生旋减的水晶树，那是海神在放烟火吗？

7

西子湾的落日是海景的焦点。要观赏完整无缺的落日，必须有一条长而无阻的水平线，而且朝西。沙滩由南向北的西子湾，正好具备这条件。月有望朔，不能夜夜都见满月。但是只要天晴，一轮“满日”就会不偏不倚正对着我的西窗落下，从西斜到入海，整个壮烈的仪式都在我面前举行。先是白热的午日开始西斜，变成一只灿灿的金球，光威仍然不容人逼视，而海面迎日的方向，起伏的波涛已经摇晃着十里的碎金。这么一路西倾下来，到了仰角三十度的时候，全球就开始转红，火势大减，我们就可以定睛熟视了。那红，有时是橙红，有时是洋红，有时是赤红，要看天色而定。暮霭重时，那颓然的火球难施光焰，未及水面就渐渐褪色，变成一影迟滞的淡橙红色，再回头时，竟已隐身幕后。若是海气上下澄明，水平线平直如切，酡红的落日就毫不含糊地直掉入海，一寸接一寸被海的硬边切去。观者骇目而视，忽然，宇宙的大靶失去了红心。

我在沙田住了十一年，这样水遁而逝的落日却未见过，因为沙田山重水复，我楼居朝西的方向有巍然的山影横空，根本看不见水上的落日。西子湾的落日像是为美满的晴天下一个结论，不但盖了一颗赫赫红印，还用晚霞签了半边天的名。

半年后我们从市区的闹街迁来寿山，住进中山大学的学人宿舍。新居也在红砖楼房的四楼，书房朝着西南，窗外就是高雄港。我坐在窗内，举头便可见百码的坡下有街巷纵横，车辆来去。再出去便是高雄港的北端，可以眺览停泊港中的大小船舶，桅樯密举，锚链斜入水中。旗津长岛屏于港西，岛上的街沿着海岸从西北直伸东南，正与我的视线垂直而交，虽然远在两三里外，岛上的排楼和庙宇却历历可以指认。岛的外面，你看，就是淼淼的海峡了。

高雄之为海港，扼台湾海峡、巴士海峡和南中国海的要冲，吞吐量之大，也不必去翻统计数字，只要站在我四楼的阳台上，倚着白漆的栏杆，朝南一望就知道了。高雄港东纳爱河与前镇溪之水，西得长洲旗津之障，从旗津北头的第一港口到南尾的第二港口，波涵浪蓄，纵长在八公里以上。货柜进出此港，分量之重，已经居世界第四。从清晨到午夜，有时还更晚，万吨以上的货轮，扬着各种旗号，漆着各种颜色，各种文字的船名横排于舷身，不计其数，都在我阳台的栏杆外驶过。有时还有军舰，铁灰色的舷首有三位数的编号，横着炮管的侧影，扁长而剽悍，自然与众不同。不过都太远了，有时因为背光，或是雾霭低沉，加以空气污染的关系，无论是船形舰影，在茫茫的烟水里连魁梧的轮廓都混沌了，更不说辨认船名。

甚至不必倚遍十二栏杆，甚至也无须抬头望远，只听水上传来的汽笛，此起彼落，间歇而作，就会意识到脚下那长港有多繁忙。而造船、拆船、修船、上货、卸货、领航、验关、缉私、走私……都绕着这无休无止的船来船去团团转。这水陆两个世界之间的港口自成一个天地，一方面忙乱而喧嚣，另一方面却又生气蓬勃，令码头上看海的人感到兴奋，因为这一片咸水通向全世界的波涛，在这一片咸水里下锚的舳舻巨舟曾经泊过各国的名港。高雄，正是当代的扬州。

每当我灯下夜读，孤醒于这世界同鼾的梦外，念天上地下只剩我一人，只剩下自己一人了，不是被逐于世界之梦外，而是自放于无寐之境。那许多知己都何处去了呢，此刻，也都成了梦的俘虏，还是各守着一盏灯呢？忽然从下面的港口一声汽笛传来，接着是满港的回声，渐荡渐远，似乎终于要沉寂了，却又再鸣一声。据说这是因为常有渔船在港里非法捕鱼，需要鸣笛示警，但是夜读人在孤寂里听来，却感到倍加温暖，体会到世界之大总还是有人陪他醒着，分担他自命的寂寞，体会到同样是醒着，有人是远从天涯，从风里浪里一路闯回来的，连夜读的遐思与玄想都不可能。我抬起头来，只见灯火零落的港上，桅灯通明，几排起重机的长臂斜斜举着，船首和船尾的灯号掠过两岸灯光的背景，保持不变的距离稳稳地向前滑行，又是一艘货柜巨轮进港了。

以前在香港，九广铁路就在我山居的坡底蜿蜒而过，深宵写诗，万籁都遗我而去，却有北上的列车轮声铿然，鸣笛而去。听惯了之后，已成为火车汽笛的知音，觉得世界虽大，万物却仍然有情，不管是谁的安排，总感激长夜的孤苦中那一声有意无意的招呼与慰问。当时曾经担忧，将来回去台湾，不再有深宵火车的那一声晚安，该怎样排遣独醒的寂寞呢？没想到冥冥中另有安排：火车的长啸，换了货轮的低鸣。

造化无私而山水有情，生命里注定有海。失去了香港而得到了高雄，回头依然是岸，依然是一所叫中大的大学，依然是背山面海的楼居。走下了吐露港的那座柔灰色迷楼，到此岸，又上了西子湾这座砖砌的红楼，依然是临风望海，登楼作赋。看来我的海缘还未绝，水蓝的世界依然认我。所以我的窗也都朝西或西南偏向，正对着海峡，而落日的方向正是香港，晚霞的下方正是大陆。

金陵子弟江湖客

1

我这一生，先后考取过五所大学，就读于其中三所。这件事并不值得羡慕，只说明我的黄金岁月如何被时代分割。

第一所是在南京。那是抗战胜利后两年，我已随父母从四川回宁，并在南京青年会中学毕业。那年夏天在长江下游那火炉城里，我同时考取了金陵大学与北京大学，兴奋之中，一心向往北上。可是当时北京已是围城，战云密布；津浦路伸三千里的铁臂欢迎我去北方，母亲伸两尺半的手臂挽住了我——她的独子。

我进金陵大学外文系做“新鲜人”，是在一九四七年九月。还不满十九岁的男孩，面对四年的黄金岁月，心情已颇复杂，并不纯然金色。回顾七年的巴山蜀水，已经过去，但少年的记忆与日俱深，忘不了那许多中学同学：“上课同桌，睡觉同床，记过时同一张布告，诅咒时，以彼此的母亲为对象。”眼前的新生活安定而有趣，新朋友也已逐一出现，可是不像远去北京那么断然而浪漫，而且名师众多，尤其是朱光潜与（后来才知道的）钱锺书。至于未来，我直觉不太乐观。抗战好不容易结束，内战迫不及待又起，北方早成了战场，南方很可能波及。茫茫大地正在转轴，有一天目前这社会或将消失，由截然不同的社会取代。新的价值也许朴素，也许苛严，对文学的要求只会紧，不会宽吧？到那时，文学就得看政治的脸色了。这种疑虑惴惴然隐隐然，一直困扰着我。

记得当时金陵大学的学生不多，我进的外文系尤其人少，一年级的新生竟然只有七位。有一次系里的黑人讲师请我们全班去大华戏院看电影，稀稀朗朗几个人上了街，全无浩荡之势。较熟的同学，现在只记得李夜光、江达灼、程极明、高文美、吕霞、戎逸伦六位。李夜光读的是教育系，江达灼是社会系，程极明是哲学系，高文美是心理系，后面两位才是外文系。其中李夜光戴眼镜，爱说笑，和我最熟。程极明富于理想，颇有口才，俨然学生运动的领袖，不久便转学去了复旦大学，跟大家就少见面了。他仪表出众，很得高文美的青睐，两人显然比他人亲近。高文美人如其名，文静而秀美，是典型的上海小姐。她的父亲好像是南京的邮政局长，所以她家宽敞而有气派，我们这小圈子的读书会也就在她家举行。至于讨论的书，则不出当时大学生热衷的名著译本，例如《约翰·克利斯朵夫》《冰岛渔夫》《罗亭》《安娜·卡列尼娜》之类。

吕霞和戎逸伦倒是外文系的同学。吕霞大方而亲切，常带笑容，给我的印象最深，因为她的父亲是著名的学者吕叔湘，在译界很受推崇。有了这样的父亲，也难怪吕霞谈吐如此斯文。

那时我相当内向，甚至有点羞怯，不擅交际，朋友很少，常常感到寂寞，所以读书不但是正业，也是遣闷、消忧。书呢读得很杂，许多该读的经典都未曾读过，根本谈不上什么治学。因此当代文坛与学府的虚实，我并不很清楚，也没有像一般文艺青年那样设法去亲炙名流。倒是有一次读莫泊桑小说的英译本，书中把“断头台”误排成了 quillotine，害我查遍了大字典都不见，乃写信去问我认为当时最有学问的三个人：王云五、胡适、罗家伦。这种拼法他们当然也认不得，也许我写的地址不对，信根本没有到他们手里，总之一封回信也没有收到。

名作家来南京演讲，我倒听过两次。一次是听冰心，我去晚了，只能站在后排，冰心声音又细，简直听不真切。一次是听曹禺，比较清楚，但讲些什么，也不记得。

金陵大学的文科教授里，举国闻名的似乎不多，也许要怪我自己太寡闻，徒慕虚名，不知实况吧。隔了半个世纪，我只记得文学院长是倪青原，他教我们哲学，学问有多深我莫能测，但近视有多深却显而易见，因为就算从后排看去，他的眼镜边缘也是圈内有圈，其厚有如空酒瓶底。教我们本国史的陈恭禄也戴眼镜，身材瘦长，乡音颇重。有一次见他夹着自己的新著《中国通史》两大册，施施然在校园中走过，令我直觉老师的“分量”真是不轻。还有一位高觉敷教授，教我们心理学，口才既佳，又能深入浅出，就近取喻，难怪班大人多。有一次他公开演讲，题目竟是青年的性生活，听众拥挤当然不在话下。这讲题十分敏感，在当日尤其耸动，高教授却能旁敲侧击，几番峰回路转，忽然柳暗花明，冷不防点中了要害。同学们的情绪兴奋而又紧张，经不起讲者一戳即破，大爆哄堂，男生鼓掌，女生脸红。

教我们英国小说的是一位女老师，蔻克博士（Dr. Kirk）。她的英语清脆流利，讲课十分生动，指定我们一学期要读完八本小说，依序是《金银岛》《爱玛》《简·爱》《呼啸山庄》《弗洛斯河上的磨坊》《大卫·科波菲尔》《自命不凡》《回乡》。我们读得虽然吃力，却也津津有味。唯一的例外是梅里迪斯的杰作《自命不凡》（*The Egoist*），不仅文笔深奥，而且好掉书袋。我读得咬牙切齿，实在莫名其妙，有一次气得把书狠狠摔在地上。蔻克其实是金陵女子学院的教授，我们上她这堂课，不在金陵大学，而在她的女校（俗称金女大）。每次和同学骑自行车去女校上课，那琉璃瓦和红柱烘托的宫殿气象，加上闯进女儿国的绮念联翩，而讲台上娓娓动听的又是女老师悦耳的嗓音，真的令我们半天惊艳。

初进金大的时候，我家住在鼓楼广场的东南角上，正对着中山路口，门牌是三多里一号；弄堂又深又狭，里面蜗藏着好几户人家，我家只有一间房，除了放一张双人床、一张书桌、几张椅子之外，几乎难有回身之地。我被迫在隔壁堆杂物的走道上放一张小竹床栖身，当时倒并不觉得有多吃苦。好在金大校园就在附近，走去上课只要十分钟。

后来我家终于盖了一栋新屋，搬了过去。那是一栋两层楼房，白墙红瓦，附有园地，围着竹篱，在那年代要算是宽敞明亮的了。篱笆门上的地址是“将军庙龙仓巷十八号”。我的房间在楼上，正当向西斜倾的屋顶下面，饶有阁楼的遁世情调。最动人逸兴的，是我书桌旁边的窗口朝东，斜对着远处的紫金山，也就是歌里所唱的巍巍钟山。每当晴日的黄昏，夕照绚丽，山容果然是深青转紫。我少年的诗心所以起跳，也许正由那一脉紫金触发。我的第一首稚气少作，就是对着那一脊起伏的山影写的。

其实那时候我的译笔也已经挥动了。早在我高三那一年，和几个同学合办了一张文学刊物，竟然把拜伦的名诗《海罗德公子游记》咏滑铁卢的一段译成了七言古诗，以充篇幅。不难想见，一个高三的男孩，就算是高材生吧，哪会有旧诗的功力呢？难怪漕桥老家的三舅舅孙有庆，乡里有名的书法家，皱着浓眉看完我的译稿后，不禁再三摇头，指出平仄全不稳当。

不过咪咪，我的十五岁表妹也是未来的妻子范我存，却有不同的反应。那时我们只见过一面，做表兄的只知道她的小名。那份单张的刊物在学校附近的书店寄售，当然一份也销不掉，搬回家来，却堆了一大叠，令人沮丧。我便寄了一份给正在城南明德女中读初三的表妹，信封上只写了“范咪咪小姐收”，居然也收到了。她自然不管什么平仄失调，却知道拜伦是谁，并且觉得能翻译拜伦的名作，这位表哥当非泛泛之辈。战火正烈，聚散无端，这一对小译者与小读者四年后才在命定的海岛上重逢，这才两小同心，终成眷属。此乃后话，表过不提。

进了金大不久，我读到一本戏剧，叫做《温彼街的巴府》（*The Barretts of Wimple Street*），演的是诗人勃朗宁追求巴家才女伊丽莎白（Elizabeth Barrett）的故事；一时兴起，竟然动笔翻译起来。这稚气的壮举可爱而又可哂。剧中对话的翻译，难在重现流利自然的语气，遇到英文的繁复句法，要能松筋活骨，消淤化滞。这对于大二的生手说来，无异是愚公移山。当时我只是出于兴趣，凭着本能，绝对无意投稿。译了十多页，留下不少问题，就知难而止了。其实要练就戏剧翻译的功力，王尔德天女散花的妙语要能接招，当时那惨绿少年还得等三十多年。

这就是我的青涩年代，上游风景的片段倒影。我的祖籍是福建永春，但是那闽南的山县只有在五六岁时才回去住过一年半载，那连绵的铁甲山水，后来，只能向我承尧堂叔的画里去神游了。我以重九之日出生在南京，除了偶尔随母亲回她的娘家常州漕桥小住之外，抗战以前，也就是九岁以前，我一直住在那金陵古城，童稚的足印重重叠叠，总不出栖霞山、雨花台之间。前后我进过崔八巷小学、青年会中学、金陵大学，从一个南京小萝卜变成“南京大萝卜”。在石头城的悠悠岁月，我长得很慢，像一只小蜗牛，纤弱而敏感的触须虽然也曾向四面试探，结果是只留下短短的一痕银迹。

2

二〇〇〇年十月三日，正是重九之前三日，与我存乘机抵达南京。过了半个世纪再加一年，我们终于回到了这六朝故都，少年前尘。在我，不但是逆着时光隧道探入少年复童年，更是回到了此生的起点。在我存，也是在做了祖母之后才回来寻觅初中的豆蔻年华。机轮火急一触地，我的心猝然一震，冥冥中似乎记忆在撞门，怦然激起了满城回声。

南京大学中文系的胡有清教授来南郊的禄口机场迎接，新机场高速公路浩荡向北，引我们绕过雨花台，越过秦淮河，进入市区，进入了一个又像熟悉又像陌生的世界，只觉得背景隐隐，呼之欲出，前景栩栩，市声嚣嚣，遮不断历史的回响。胡教授左顾右盼，为我指点街景与名胜，不断问我以前是什么样子。他问的我大半答不出来，一切都在真幻之间，似曾相识，可惊又可疑。身为南京之子，面对南京竟已将信将疑，南京见我，只恐更难相认吧。毕竟是半世纪了，玄武湖的明眸能看透我这白头，认出当年仓皇出城的黑发少年吗？我见钟山多妩媚，从东晋以来便如此多娇，但钟山见我岂应如是？

汽车在鼓楼的红灯前停下，数字钟忐忑地倒数着秒，鸡鸣寺纤细的塔影召我于东天，像要提醒我什么。红灯转绿，熙攘的中央路引我们长驱北上，终于到了一栋双管齐上的圆顶高厦，玄武饭店。其中的一管有如平地登仙，将我们吸上了天去，整座南京城落到我们的脚底，连同街道市声红灯与绿灯，落下去，只为了腾出十里的空旷，秋高气爽，让紫金山在上面接受我们觐见，让玄武湖回过脸来，佩戴着翠洲与菱洲的螺髻黛鬟。猝不及防这一霎惊艳，安排得恰到好处，有如童年跟我捉了半世纪的迷藏，遍寻不见，忽然无中生有，跳出来猛跟我打个照面。一惊，一喜，一叹，我真的是回来了。

其后三天，或有赖胡有清、冯亦同诸位学者的导引，或接受久别的常州表亲联合来邀约，我们怀着孺慕耿耿、乡愁怯怯的心情，一一回瞻了孩时的名胜：中山陵、夫子庙、燕子矶、栖霞寺……半世纪来这些早成了记忆的坐标，梦的场景，每一个名字都有回音，可串成一排回音的长廊。南京湖多，不限于玄武与莫愁。朝阳门与正阳门之间的明代城墙下，有一弧波光滟滟怀抱着古城，状如新月，叫做月牙湖。十月五日的下午，江苏省及南京市的“海外华文文学研究会”，就在湖边的谭月楼上举办了一场“余光中文学作品研讨会”，城影与波光之中，我有幸会晤了省垣的文坛人士，并聆听了陈辽、王尧、方忠、冯亦同、庄若江、刘红林等学者提出的论文。

但最能安慰孺子的孤寂、并为我受难的魂魄袪魔收惊的，是玄武湖与中山陵。哀哀父母，生我劬劳。当年生我在这座古城，历经战乱，先是带我去四川，后又带我去海岛。七十三年后只剩我一人回到这起点，回到当初他们做新婚夫妇年轻父母的原来，但是他们太累了，都已在半途躺下，在命定的岛上并枕安息。

当年，甚至在我记忆的星云以前，他们一定常牵我甚至抱我来玄武湖上，摇桨荡舟，饕餮田田的荷香，饕餮之不足，还要用手绢包了煮熟的菱角回家去咀嚼，去回味波光流转的六朝余韵。这一切，一定像地下水一般渗进了我稚岁的记忆之根，否则我日后怎么会恋莲至此，吐不尽莲的联想的藕丝。

后来进了金大，每逢课后兴起，一声吆集，李夜光、江达灼、高文美，几位双轮骑士就并驾齐驱，向玄武门驰去。金大是近水楼台，不消一盏茶的工夫，我们已经像萍钱一般，浮沉在碧波上了。越过风吹鳞动的千顷琉璃，西望是明代的城楼，层砖密叠，雉堞隐隐。东望是着魔的紫金山，阴晴殊容，朝夕变色，天文台的圆顶像众翠簇拥的一粒白珠，可以指认。九州之大，名湖自多，但是像玄武湖这么一泓湛碧，倒映着近湖的半城堞影，远处的半天山色，且又水上浮洲洲际通堤的，还是少见。若你是仙人向下俯瞰，当可见湖的形状像一只菱角，令仙人也嘴馋。

在我这南京孩子的潜意识里，这盈盈湖水颇有母性，就是这一汪深婉与安详，温柔了我的幼年，妩媚了我的回忆。或许有人会说，长江浩淼，不是更具母性吗？当然是的，不过长江之长，奶水之旺，是南京与上游的江城水埠所共沾，不像玄武湖那么体己。

至于父性呢，该属紫金山了，尤其是中山陵。紫金山在南京的行政划分上，与玄武湖同属玄武区，但遍山林木苍翠，名胜古迹各殊气象，又称钟山风景区。这是登高临风悠然怀古的地方，是处青山好埋骨，墓有今有古，今人的墓有中山陵、谭延闿墓、廖仲恺与何香凝墓，古人的还有明孝陵与常遇春墓。但孩时印象最深，而海外孺慕最切的，是中山陵。

壮丽的中山陵是青年建筑家吕彦直的杰作。不知为何，许多中山陵的简介都不提设计人的名字。他是山东东平县人，字仲宣，又字古愚。孙中山一九二五年病逝于北京，次年一月他的陵墓就在紫金山第二峰小茅山起建，直到一九二九年春天才落成。吕彦直也就死在这一年，才三十五岁。

宏伟的中山陵坐北朝南，灵谷寺与明孝陵拱于左右，占地近二千亩。从山下一路上坡，由四柱擎举的白石牌坊到三洞的陵门，是四百八十米长的墓道，入了陵门要穿过碑亭，踏三百九十二级石阶，才抵达祭堂。

那天秋高气爽，胡有清教授带我们去登临，本来已经走进了侧道，树阴疏处隐隐窥见陵貌庄严。我忽然觉得那样太草率了，五十年后终于浪子回头，孺子回家，应该虔诚些，像是典礼。于是我们原路退回去，郑重其事，从巍峨的牌坊起步，一路崇仰上去。

小茅山的坡势缓缓上升，吕彦直匠心的经营，琉璃青瓦的陡斜屋顶覆盖着花岗石的白壁，陵门上去是碑亭，更上去是祭堂，肃静而高洁的气象，层层叠叠把中山陵推崇到顶点，举目只见人造的是白石青瓦的严整秩序，神造的是雪松水杉郁郁苍苍的自然生机，人工与神工天人合一，标举一种恢弘的意境。

从陵门前起步，浅灰的花岗石阶，三百九十二级，天梯一般把朝山的人群一级级接引向上，去攀附高处长眠的或许是仍未瞑目的灵魂。石阶宽敞，可容数十人并肩共登，更添天下为公的气象。或许吕彦直有意把整座石陵谱成一首深沉的安魂曲，用三百九十二级的琴键来按弹，但按的不是巴赫或肖邦的手指，是朝山者不绝于途的虔敬脚步。想当年有一个小学生，在女老师带领之下也曾与群童推挤着踏过这一长排白键，幼稚的童心该也再三听说过，脚下这坡道是引向崇高，但那首安魂曲究竟多深沉，却要经历过五十年的风吹雨打，从海外归来才能体会。

正是重九的前一日，高处风来，间歇可闻迟桂的清芬，隐隐若前人留传的美名。登到顶点已有些汗意，不禁在祭堂前回望人寰，才发现，咦，刚才攀登的数百级石阶竟都不见了，只见梯田一般的坡势变成了一幅幅宽坦的平台。原来由下而上，只见一层层阶级，不见中间的平台；到了高处，回望时阶级就悉被平台遮掉了。据说这正是吕彦直的匠心：朝山的人对陵顶的气魄仰之弥高，油然起敬而见贤思齐，但祭堂上坐着的大理石像，胸怀广阔，俯视只见坦然的平台，却无视于一阶一级。

3

十月四日的上午，胡有清教授带我们去寻访半世纪前我母校的校园。金陵大学早在五〇年代之初并入了南京大学，所以地图上只见南大，不见金大了。金大校友会会长周伯埙、副会长冯致光，南大校友总会副会长贾怀仁、秘书长高澎陪我重游初秋的校园，并殷勤为我指点岁月的沧桑。

南京大学目前声誉日高，是中国排名前几位的重点学府。校园看来相当整洁，有些建筑显得古意盎然，例如昔日的小教堂，但风骨犹健，并不破落。李清照词“物是人非事事休”，正可印证半世纪后我的母校，虽已换了好几代人，而旧楼巍巍，树阴深深，规格仍在。似真疑幻，一霎间我成了老电影中迟暮的归客，恍然痴立在文理农三院鼎立的中庭，往事纷纷，像脱序倒带的前文提要，闪过惊扰的心神。若非校友会的诸君在旁解说，我真想倚在那棵金桂阴里，合上倦目，让风里的桂香袅袅引路，带我回到最后——一九四八年的那一季秋天。也许高文美或者李夜光会抱着一叠书，从正中的文学院台阶上，随下课的同学们一涌而出，瞥见是我，会兴奋地向我跑来。但跑到一半，会忽然停步，一脸惊疑，发现树阴下向他们招手的并不是我，而是一个白发的老人。

我回过神来，发现自己是回来了，远从海峡的对面，回来了，但不是回到五十年以前，因为世纪都已经交班了。我站在母校三院拱立的中庭，还记得当年的景色并没有多少改变，这在那十年的大劫之后，在红卫兵狂舞着小红书鼓噪着破四旧之后，可说是十分幸运了。只是水杉与刺柏都长高了许多，而猖獗的爬藤，长茎纠缠着乱叶，早已迫不及待，攀上了方正的钟楼，恨不得把高窗全都攀满。

记得从前从家里来上课，总是踏着汉口街沙石的斜坡，隔着高过人头的篱树，隐约可窥三院的灰瓦屋顶，往往从钟楼顶上还会飘来音乐，恍惚迷离，奏的是舒曼的《梦幻曲》（*Traumerei*）。

“请问你就是余光中先生吗？”

我从藤蔓绸缪的楼塔上收回目光，一位青年停在我们面前，笑容热切，负着背包。我含笑点头，胡教授问他，怎么认出是我。

“我读过余先生的书，见过照片。”他说。

“余先生是我们南大的校友，”胡教授说，“五十年第一次回来。”

“真的呀？”那学生十分惊喜，要求与我合照。

“这几天我们国庆放长假，”望着那学生的背影，胡教授解释，“校园里冷冷清清，否则就难脱身了。”

说着，众人来到了老图书馆前。一进门，磨石地板上赫然镶着一轮圆整的校徽，白底清纯，衬托出篆书的“金陵”两个大金字，各为半圆，直径超过四尺。我搜索失焦的记忆，不确定以前是否就如此。校友会诸君都说，正是原来所镶的校徽。

“以前的做工就是这么认真，”我存羡叹，“到现在都没有缺陷！”

我走进阴深的大阅览厅，一步，就跨回了五十年前。空厅无人，只留下一排排走不掉的红木靠背椅子，仍守住又长又厚实的红漆老桌，时代换了，世纪改了，这满厅摆设的阵势却仍然天长地久，叫做金陵。我抽出一张椅子来，以肘支桌，坐了一会儿。舒曼的《梦幻曲》弥漫在冷寂的空间，隐隐可闻。我相信，若是我一个人来，只要在这被祟的空厅上坐得够久，李夜光、高文美、江达灼那一伙同学就会结束半世纪捉迷藏的游戏，哇的一声，从隐身处一起跳出来迎我。

当天下午我访问了南京大学中国现代文学研究中心，并以《创作与翻译》为题在校园公开演讲。虽在十一大假期间，而且只贴出一张小海报，留校的学生却无中生有忽然涌现，文学院措手不及，三迁会场才能够开始。师生都来得很多，情绪也十分热烈。听众的兴奋令讲者意气风发，讲者的慷慨更加鼓舞了听众。中文的“演讲”也好，“讲演”也好，不但要讲，多少还要演，所以显得生动。对比之下，英文的talk只讲不演，就不及中文传神。

能在自己的生日回到自己的出生地，用自己的母语对同样是金陵的子弟，诉说自己对这母语的孺慕与经营；能回到故地对这么多故地的少年诉说，仓颉所造许慎所解李白所舒放杜甫所旋紧义山所织锦雪芹所刺绣的中文，有怎样的危机又怎样的新机，切不可败在我们的手里——能这样，该是多大的快慰。

几百双乌亮而年轻的眼瞳，正睽睽向我聚焦。那样灼灼的神情令演讲人感动。我当年听讲，也是那样的神情吗？想当年战火正烈，我怀着凄惶的心情，随父母出京南行，投向渺不可测的未来，正是他们这年纪。

> 掉头一去是风吹黑发，
> 回首再来已雪满白头。

悠长的岁月，在对岸听到的是不断的运动接运动，继以神州浩劫的十年，庆幸自己是逃过了。但回到了此岸，见后土如此多娇，年轻的一代如此的可爱，正是久晴的秋日，石头城满城的金桂盛开，那样高贵的嗅觉飘扬在空中，该是乡愁最敏的捷径。想长江流域，从南京一直到武汉，从南大的校园一直到华中师大的桂子山，长风千里，吹不断这似无又有欲断且续的一阵阵秋魂桂魄。这么想着，又觉得这些年来，幸免的固然不少，但错过的似乎也很多。想这些年来，我教过的学生遍布了台湾与香港，甚至还包括金发与碧瞳，但是几时啊，我不禁自问，你才把桃李的青苗栽在江南，种在关外?

思　蜀

1

在大型的中国地图册里，你不会找到“悦来场”这地方。甚至富勒敦加大教授许淑贞最近从北京寄赠的巨型《中华人民共和国国家普通地图集》，长五十一公分，宽三十五公分，足足五公斤之重，上面也找不到这名字。这当然不足为怪：悦来场本是四川省江北县的一个芥末小镇，若是这一号的村镇全上了地图，那岂非芝麻多于烧饼，怎么容纳得下？但反过来说，连地图上都找不到，这地方岂不小得可怜，不，小得可爱，简直有点诗意了。刘长卿劝高僧“莫买沃洲山，时人已知处”，正有此意。抗战岁月，我的少年时代尽在这无图索骥的穷乡度过，可见“入蜀”之深。蜀者，属也。在我少年记忆的深处，我早已是蜀人，而在其最深处，悦来场那一片僻壤全属我一人。

所以有一天在美国麦克奈利版的《最新国际地图册》成渝地区那一页，竟然，哎呀，找到了我的悦来场，真是喜出望外，似乎飘泊了半个世纪，忽然找到了定点可以落锚。小小的悦来场，我的悦来场，在中国地图里无迹可寻，却在外国地图里赫然露面，几乎可说是国际有名了，思之可哂。

2

从一九三八年夏天直到抗战结束，我在悦来场一住就是七年，当然不是去隐居，而是逃难，后来住定了，也就成为学生，几乎在那里度过整个中学时期。抗战的两大惨案，发生时我都靠近现场。南京大屠杀时，母亲正带着九岁的我随族人在苏皖边境的高淳县，也就是在敌军先头部队的前面，惊骇逃亡。重庆大轰炸时，我和母亲也近在二十公里外的悦来场，一片烟火烧艳了南天。

就是为避日机轰炸，重庆政府的机关纷纷迁去附近的乡镇，梁实秋先生任职的国立编译馆就因此疏散到北碚，也就是后来他写《雅舍小品》的现场。父亲服务的机关海外部把档案搬到悦来场；镇上无屋可租，竟在镇北五公里处找到了一座姓朱的祠堂，反正空着，就洽借了下来，当作办公室兼宿舍。八九家人搬了进去，拼凑着住下，居然各就各位，也够用了。

朱家祠堂的规模不小，建筑也不算简陋。整座瓦屋盖在嘉陵江东岸连绵丘陵的一个山顶，俯视江水从万山丛中滚滚南来，上游辞陕甘，穿剑阁，虽然千回百转，不得畅流，但一到合川，果然汇合众川浩荡而下，到了朱家祠堂俯瞰的山脚，一大段河身尽在眼底，流势壮阔可观。那滔滔的水声日夜不停，在空山的深夜尤其动听。遇到雨后水涨，浊浪汹汹，江面就更奔放，像急于去投奔长江的母怀。

祠堂的前面有一大片土坪，面江的一边是一排橘树，旁边还有一棵老黄葛树，盘根错节，矗立有三丈多高，密密的卵形翠叶庇荫着大半个土坪，成为祠堂最壮观的风景。驻守部队的班长削了一根长竹竿，一端钻孔，高高系在树顶，给我和其他顽童手攀脚缠，像猴子一般爬上爬下。

祠堂的厚木大门只能从内用长木闩闩上，进门也得提高脚后跟，才跨得过一尺高的民初门槛。里面是一个四合院子，两庑的厢房都有楼，成了宿舍。里进还有两间，正中则是厅堂，香案对着帷幕深沉牌位密集的神龛，正是华夏子孙慎终追远的圣殿，长保家族不朽。再进去又是一厅，拾级更上是高台，壁顶悬挂着“彝训增辉”的横匾。

这最内的一进有边门通向厢房，泥土地面，每扫一次就薄了一层，上面放了两张床，大的给父母，小的给我。此外只有一张书桌两张椅子，一个衣柜。屋顶有一方极小的天窗，半明半昧。靠山坡的墙上总算有窗，要用一截短竹把木条交错的窗棂向上撑起，才能采光。窗外的坡道高几及窗，牧童牵牛而过，常常俯窥我们。

这样的陋室冬冷夏热，可以想见。照明不足，天色很早就暗下来了，所以点灯的时间很长。那是抗战的岁月，正是“非常时期，一切从简”。电线不到的僻壤，江南人所谓的“死乡下”，当然没有电灯。即连蜡烛也贵为奢侈，所以家家户户一灯如豆，灯台里用的都是桐油，而且灯心难得多条。

半世纪后回顾童年，最难忘的一景就是这么一盏不时抖动的桐油昏灯，勉强拨开周围的夜色，母亲和我就对坐在灯下，一手戴着针箍，另一手握紧针线，向密实难穿的鞋底用力扎刺。我则捧着线装的《古文观止》，吟哦《留侯论》或是《出师表》。此时四野悄悄，但闻风吹虫鸣，尽管一灯如寐，母子脉脉相守之情却与夜同深。

但如此的温馨也并非永久。在朱家祠堂定居的第二年夏天，家人认为我已经十二岁，应该进中学了。正好十里外有一家中学，从南京迁校到“大后方”来，叫做南京青年会中学，简称“青中”。父亲陪我走了十里山路去该校，我以

“同等学力”的资格参加入学考试。不久青中通知我已录取，于是独子生平第一次告别双亲，到学校去寄宿上学，开始做起中学生来。

3

从朱家祠堂走路去青中，前半段五里路是沿着嘉陵江走。先是山路盘旋，要绕过几个小丘，才落到江边踏沙而行。不久悦来场出现在坡顶，便要沿着青石板级攀爬上去。

四川那一带的小镇叫什么“场”的很多。附近就有蔡家场、歇马场、石船场、兴隆场等多处：想必都是镇小人稀，为了生意方便，习于月初月中定期市集，好让各行各业的匠人、小贩从乡下赶来，把细品杂货摆摊求售。四川人叫它做“赶场”。

悦来场在休市的日子人口是否过千，很成问题。取名“悦来”，该是《论语》“近者悦，远者来”的意思，满有学问的。镇上只有一条大街，两边少不了茶馆和药铺，加上一些日用必需的杂货店、五金行之类，大概五分钟就走完了。于是街尾就成了路头，背着江边，朝山里蜿蜒而去，再曲折盘旋，上下爬坡，五里路后便到青中了。

4

相比当年重庆那一带的名校，例如南开中学、求精中学、中大附中来，南京青年会中学并不出名，而且地处穷乡，离嘉陵江旁也还有好几里路，要去上学，除了走路别无他途，所以全校的学生，把初、高中全加起来，也不过两百多人。

尽管如此，这还是一所好学校，不但办学认真，而且师资充实，加以同学之间十分亲切，功课压力适度，忙里仍可偷闲。老来回忆，仍然怀满孺慕，不禁要叫她一声：“我的母校！”

校园在悦来场的东南，附近地势平旷。大门朝西，对着嘉陵江的方向，门前水光映天，是大片的稻田。农忙季节，村人弯腰插秧，曼声忘情地唱起歌谣，此呼彼应，十分热闹。阴雨天远处会传来布谷咕咕，时起时歇，那喉音柔婉、低沉而带诱惑，令人分心，像情人在远方轻喊着谁。

校后的田埂阡陌交错，好像五柳先生随时会迎面走来，戴着斗笠。晚饭之后到晚自修前，是一天最逍遥最抒情的时辰。三五个同学顶着满天霞彩，踏着懒散的步调，哼着民谣或抗战歌曲，穿过阡陌之网，就走上了一条可通重庆的马路。行人虽然稀少，但南下北上，不时仍会遇见路客骑着小川马嗒嗒而来，马铃叮当，后面跟着吆喝的马童。在没有计程车的年代，出门的经验不会比李白的《行路难》好到哪里去，有如此代步就要算方便的了。有时还会遇见小贩挑着一担细青甘蔗路过，问我们要不要比劈一下。于是大伙挑出瘦长的一根，姑且扶立在地上，说时迟，那时快，削刀狠命地朝下一劈，半根甘蔗便砉然中分，能劈到多长就吃多长。这一招对男生最有诱惑，若有女生围观，当然就更来劲。

以两百学生的规模而言，砖墙瓦顶的挑高校舍已经算体面而且舒适了。这显然曾是士绅人家的深院大宅，除了广庭高厅有台阶递升，一进更上一进之外，还有月洞边门把长廊引向厢房，雕花的窗棂对着石桥与莲池，便用来改成女生宿舍，男生只好止步，徒羡深闺了。

男生宿舍就没有这么好了，隔在第二进的楼上，把两间大房连成兵营似的通舱，对着内院的墙只有下半壁，上半空着，幸有宽檐伸出庇护，不消说冬天有多冷了。冬天夜长尿多，有些同学怕冷恋被，往往憋到天亮。有一个寒夜，邻床的莫之问把自身紧裹在棉被里，像条春卷，然后要我抽出他的腰带，把他脚跟的被角系个密不通风。我虽然比他还怕冷，倒不想采取这非常手段。

夏天更不好过，除了酷热之外，还得学周处除三害：苍蝇、蚊子、臭虫。臭虫之战最有规模，无一幸免。裸露的肉体是现成的美肴，盛暑的晚上正是臭族的良宵。先是有人梦中搔痒，床板在辗转反侧下吱咯呻吟。继而愤然坐起，“格老子……龟儿子”地喃喃而诟。终于点起桐油灯盏，向上下铺的木架和床板，上下探照，察看敌情。这么一吵，大家都痒醒了，纷纷起来点灯备战，举室晃动着人影。臭虫虽是宵小之辈，潜逃之敏捷却是一流。木床的质料低劣，缝隙尤多，最容易包庇臭族。那些鼓腹掠食的吸血小鬼，六足纤纤，机警得恼人，一转入地下，就难追剿了。于是有人火攻，用桐油灯火去熏洞口，把木床熏得一片烟黑。有人水灌，找来开水兼烫兼淹。如是折腾了大半夜，仲夏夜之梦变成了仲夏夜之魇。

至于六间教室，则是石灰板壁加盖茅草屋顶搭成，乃真正的茅屋。每个年级分用一间，讲课之声则此呼彼应，沆瀣不分。如果那位老师是大声公，就会惊动四邻，害得全校侧耳。其实上午上到第四节课时，男生早已饿了，只盼大赦的下课铃响，老师一合书本，就会泄洪一般，冲出闸门。

当然是冲去饭厅了。两间饭厅相通，一大一小，男生倍于女生，坐在大间，女生则坐小间。训导主任则站在中分的高门槛上，兼顾两边。食时不准喧哗，食毕，男生要等女生鱼贯而出，横越而过，沿着长廊，消失在月洞门里。这是全校男生一览全校女生的紧张时刻，有些女孩会在群童睽睽的注目下不安地傻笑起来，男孩子则与邻座窃笑耳语。晚餐时，这一幕重演一次，但在解散前另有高潮。只因训导主任惯于此时唱名派信，孩子们都竖直耳朵，热切等待主任的大嗓门用南京口音喊出自己的名字。这时正是三〇年代转入四〇年代，中国还没有电视，长期抗战的大后方，尤其在悦来场这种地带，连电话和收音机也都没有。每天能在晚霞余晖里收到一封信，总是令人兴奋的。如果一天接到两封，全校都会艳羡。

记得下午都不排课，即使排了，也只有一两节。到了半下午，四点钟左右吧，便有所谓“课外活动”，不是上体育课，便是赛球，那便是运动健将们扬威球场的时候了。孩子们兴高采烈，挟着篮球，向一里路外的罗家堡浩荡出发。到得球场，两队人马追奔逐球起来。文静的同学与球无缘，也跟去助阵，充当拉拉队，不然就索性爬到树上，读起旧小说或者翻译的帝俄时代名著来。我也在“树栖族”之列，往往却连《安娜·卡列尼娜》也无心翻看，却凝望着另一只大球，那火艳艳西沉的落日，在惜别的霞光与渐浓的暮霭里，颓然坠入乱山深处。

晚自修从八点到九点半，男生一律在大饭厅上。每人一盏桐油昏灯，一眼望去，点点黄晕映照着满堂圆颅，一律是乌发平顶，别有一种温馨闲逸的气氛。喧闹当然不准，喃喃私语、吃吃窃笑却此起彼落，真正在温课或做习题的实在不多。看书的，所看也多是闲书，包括新文学和外国作品的中译，甚至训导主任禁看的武侠小说。写信、记日记的也有。但最多的是在聚谈，而年轻的饥肠最难安抚，所以九点不到又觉得空了，大伙便画起“鸡脚爪”来，白吃的一位就收钱采购，得跑一趟贩卖部，抱一包花生糖、沙琪玛之类的回来。

大饭厅的外面有一株高大的银杏树，矗立半空，扇形的丛叶庇荫着校园，像一龛缘沁沁的祝福。整个校园的众生之中，他不但最为硕伟，也最为长寿，显然是清朝的遗老，这一户人家的沧桑荣辱，甚至嘉庆以来、乾隆以来的风霜与旱涝，都记录在他一圈圈年轮的古秘史里。记忆深处，晴天的每一轮红日都从他发际的朝霞里赫赫诞生，而雨天的层云厚积全靠他一肩顶住，一切风声都从他腋下刮起。一场风雨之后，孩子们必定怀着拾金一般的兴奋去他的脚下，一盒又一盒，争捡半圆不扁的美丽白果，好在晚自修时放到桐油灯上去烧烤。只等火候到了，剥的一声，焦壳迸裂，鲜嫩的果仁就香热可嚼了。美食天赐的乡下孩子，能算是命穷吗？

青中的良师不少，孙良骥老师尤其是良中之良。他是我们的教务主任，更是吃重的英文老师，教学十分认真，用功的学生敬之，偷懒的学生畏之，我则敬之、爱之，也有三分畏之。他毕业于金陵大学外文系，深谙英文文法，发音则清晰而又洪亮，他教的课你要是还听不明白，就只能怪自己笨了。从初一到高三，我的英文全是他教的，从启蒙到奠基，从发音、文法到修辞，都受益良多。当日如果没有这位严师，日后我大概还会做作家，至于学者，恐怕就无缘了。

孙老师身高不满五尺，才三十多岁，竟已秃顶了。中学生最欠口德，背后总喜欢给老师取绰号，很自然称他“孙光头”。我从不附和他们，就算在背后也不愿以此称呼。可是另一方面，孙老师脸色红润，精神饱满，步伐敏捷，说起话来虽然带点南京腔调，却音量充沛，句读分明。他和我都是四川本地同学所谓的“下江人”，意即长江下游来的外省人，更俚俗的说法便是“脚底下的人”。我到底是小孩，入川不久就已一口巴腔蜀调，可以乱真，所以同学初识，总会问我：“你是哪一县来的？”原则上当然已断定我是四川人了。孙老师却学不来川语，第一次来我们班上课，点到侯远贵的名，无人答应，显然迟到了。他再点一次，旁座的同学说：“他要一下儿就来。”孙老师不悦说：“都上课了，怎么还在玩耍？”全班都笑起来，因为“耍一下儿”只是“等一下”的意思。

班上有位同学名叫石国玺，古文根底很好，说话爱“拗文言”，有“老夫子”之称。有一次他居然问孙老师，“‘目’英文怎么说？”孙老师说：“英文叫做Wood。”有同学知道他又在“拗文言”了，便对孙老师解释：“他不是问‘木头’，是问‘眼睛’怎么说。”全班大笑。

在孙老师长年的熏陶下，我的英文程度进步很快，到了高二那年，竟然就自己读起兰姆的《莎氏乐府本事》（*Tales from Shakespeare*）来了。我立刻发现，英国文学之门已为我开启一条缝隙，里面的宝藏隐约在望。几乎，每天我都要朗读一小时英文作品，顺着悠扬的节奏体会其中的情操与意境。高三班上，孙老师教我们读伊尔文的《李伯大梦》（*Rip Van Winkle*），课后我再三讽诵，直到流畅无阻，其乐无穷。更有一次，孙老师教到《李氏修辞学》，我一读到丁尼生的《夏洛之淑女》（*The Lady of Shalott*）这两句：

> And up and down the people go,
> Gazing where the lilies blow...
> （而行人上上下下地往来，
> 凝望着是处有百合盛开）

便直觉必定是好诗，或许那时起缪斯就进驻在我的心底了。

至于中国的古典诗词，倒不是靠国文课本读来，而是自己动手去找各种选集，向其中进一步选择自己钟情的作者：每天也是曼声吟诵，一任其音调沦肌浃髓，化为我自己的脉搏心律。当时我对民初的新诗并不怎么佩服，宁可取法乎上，向李白、苏轼去拜师习艺。这一些，加上古文与旧小说，对一位高中生说来，发轫已经有余了。在少年的天真自许里，我隐隐觉得自己会成为诗人，当然没料到诗途有如世途，将如是其曲折而漫长，甚至到七十岁以后还在写诗。

青中的同学里下江人当然不多，四川同学里印象最难磨灭的该是吴显恕。他虽是地主之子，却朴实自爱，全无纨绔恶习，性情在爽直之中蕴涵着诙谐，说的四川俚语最逗我发噱。在隆重而无趣的场合，例如纪念周会上，那么肃静无声，他会侧向我的耳际幽幽传来一句戏言，戳破台上大言炎炎的谬处，令我要努力咬唇忍笑。

他家里藏书不少，线装的古籍尤多，常拿来校内献宝。课余我们常会并坐石阶，共读《西厢记》《断鸿零雁记》《婉容词》，至于陶然忘饥。有一次他抱了一叠线装书来校，神情有异，将我拖去一隅，给我看一本“禁书”。原来是大才子袁枚所写的武则天宫闱秽史，床笫之间如在眼前，尤其露骨。现在回想起来，这种文章袁枚是写得出来的。当时两个高中男生，对人道还半懵不懂，却看得心惊肉跳，深怕忽然被训导主任王芷湘破获，同榜开除，身败名裂。

又有一次，他从家中挟来了一部巨型的商务版《英汉大辞典》，这回是公然拿给我共赏的了。这种巨著，连学校的图书馆也未得购藏，我接过手来，海阔天空，恣意豪翻了一阵，真是大开了眼界。不久我当众考问班上的几位高材生：“英文最长的字是什么？”大家搜索枯肠，有人大叫一声说，“有了，extraterritoriality！”我慢吞吞摇了摇头说，

“不对，是floccinaucinihilipilification！”说罢更摊开那本《英汉大辞典》，郑重指证。从此我挟洋自重，无事端端会把那部番邦秘笈挟在腋下，施施然走过校园，幻觉自己的博学颇有分量。

另外一位同学却是下江人。我刚进青中时，他已经在高二班，还当了全校军训的大队长，显然是最有前途的高材生。他有一种独来独往、超然自得的灵逸气质，不但谈吐斯文，而且英文显然很好，颇得师长赏识，同学敬佩。

那时全校的寄宿生餐毕，大队长就要先自起立，然后喝令全体同学“起立！”并转身向训导主任行礼，再喝令大家“解散！”我初次离家住校，吃饭又慢，往往最后停筷。袁大队长怜我年幼，也就往往等我放碗，才发“起立”之令。事后他会走过来，和颜悦色劝勉小学弟“要练习吃快一点”，使我既感且愧。

有了这么一位温厚儒雅的大学长，正好让我见贤思齐，就近亲炙。不料正如古人所说，他终非“池中物”，只在青中借读了一学期，就辗转考进了全中国最好的学府“西南联大”去了。

后来袁可嘉自己却得以亲炙冯至与卞之琳等诗坛前辈，成为四〇年代追随艾略特、奥登等主知诗风的少壮前卫。一九四五年抗战胜利，我也追随青年会中学回到我的出生地南京，继续读完高三。那时袁可嘉已成为知名的诗人兼学者，屡在朱光潜主编的大公报《大公园》周刊上发表评论长文，令小学弟不胜钦仰。

五十二年后，当初在悦来场分手的两位同学，才在天翻地覆的战争与斗争之余，重逢于北京。在巴山蜀水有缘相遇，两个乌发平顶的少年头，都被无情的时光漂白了，甚至要漂光了。

而当年这位小学弟，十岁时从古夜郎之国攀山入蜀，十七岁又穿三峡顺流出川，水不回头人也不回头。直到半世纪后，子规不知啼过了几遍，小学弟早就变成了老诗人，才有缘从海外回川。但是这一次不是攀山南来，也并非顺流东下，而是自空而降，落地不是在嘉陵江口，而是在成都平原。但愿下次有缘回川，能重游悦来场那古镇，来江边的沙滩寻找，有无那黑发少年草鞋的痕迹。

两张地图，一本相簿

1

我从来没有见过自己的岳父，虽然他给了我这么一个好妻子。他去世很早，只有三十九岁，留下的孤女，我存，当时也只有七岁。所以给我的印象止于岳母与我存之间零星的追思，加起来也只是远距离镜头的朦胧轮廓：只知道他早年毕业于东南大学，参加勤工俭学留学法国，后来在浙江大学任园艺系教授，并兼主任一年。抗战初年，随浙大迁去贵州的遵义，但因其地阴湿，不适合他养肺病，乃应四川大学之邀，想北上成都，却因病重滞留在乐山，不久便逝于肺病。

抗战时期我存与我都在四川，她在大渡河汇岷江的乐山，我在嘉陵江入长江的重庆，两人并不相识。表兄妹初见，是在南京。从那时到现在，两人之间半世纪之长的对话，一直是用川语。五十多年的川语川流不休，加起来该比四川更长了。

就是用没有入声的川语，她常会向我述忆乐山。那是她的小学时代，印象最深。她最乐道而我也最乐闻的，是岷江岸边的那尊大佛，远在江上就庞然可见。她说那佛像又高又大，乐山人都传说，要是涨水淹到佛脚，乐山城就会淹水了。有一次在沙田，她又对朋友们夸说佛像之大：

“连佛的耳朵——”她正要形容。

“——都藏了一座庙！”我接口说。

朋友们哈哈大笑。

2

一九九六年十一月中旬，我去四川大学访问。演讲与座谈之余，易丹教授陪伴我们夫妇南下，去眉山瞻仰三苏祠，并重游乐山。

到乐山已经天晚，第二天早上才去朝拜大佛。佛像雕在岷江岸边的石壁上面，坐东朝西，在岸上反而难见法相。易丹带我们登上游艇，放乎中流，好从江面上远远仰观。那天十分阴寒，江风削面，带着腥浊的水汽，天色灰茫茫的，水色也混沌不清。江上看佛，仍须颇大的仰度，约莫二十层楼高。雕的是弥勒佛坐像，佛手按着双膝，面容宁静中含着慈祥，据称是唐朝开元年间所建，石色年湮代久，也是灰沉沉的，与阴天一般黯淡。

游艇在江上巡礼了一圈，把乘客又还给了岸上。我们到佛脚下又举头伸颈，仰瞻了一番。佛脚大而厚实，上面简直可容百僧并坐诵经。想起“临时抱佛脚”的成语，不禁可哂。晒谷场这么大的脚背，怎么抱法?

接着我们跟随众客，沿着巨像左侧的贴壁石阶，奋力仰攻，攀天梯一般一级级向崖顶爬去。好不容易爬到佛脐的高度，抬头一看，弥勒佛的下巴仍在半空，并不理会我们，地藏菩萨却早已在下面扯我们后跟。渐渐，爬近了佛乳、佛肩，觉得那一双狭长的法眼隐隐在转，转向僭妄的我们。此刻我们的惴惴不安，颇像几只小老鼠偷上佛龛，在觊觎油灯一样。终于，攀到佛耳近旁了。单是那贴面的耳垂，就比人还高。不过耳窝之大足可栖僧，还不能藏庙。

从弥勒的兜率天下来，易丹又带我们回乐山城，去寻找我岳父的墓地。

半世纪来，我存对父亲的孺慕耿耿，渺无依附，除了一本色调灰黄的老照相簿，和两张手绘的地图。地图是用当年的航空信纸画的，线条和文字都精细而清楚，不可能是七岁女孩的手迹，当是岳母所制。一张是乐山城区，呈三角形，围以城墙，东城是岷江南下，城南是大渡河西来，汇合于安澜门外。另一张则是墓地专图，显示岳父的墓在城西瞻峨门外的胡家山上，坐北朝南，背负小丘，面对坡下的大渡河水。

这两张地图折痕深深，现在正紧握在我存手里，像开启童年之门的金钥。但是像许多地图一样，上面绘的不仅是地理，更是时间。在这多变的世界，哪一张地图是合用五十年的呢，哪一个地址是永久地址？不要说上海大变特变了，连上海人出门都会“欲往城南望城北”，就如乐山这样的边城，也早已变得沧桑难认，不可能按图索墓了。

易丹皱着眉头，把两张旧地图跟乐山市区的新图，左顾右盼，比对了许久，才迟疑地说：“这胡家山在新地图上根本找不到了，那应该就在这一带了，变成师范学校的校园了。”

我存俯看地图，又仰看山坡上屋树掩映的校园说：“那就开进去吧，上去看看。”

厢型车在师范学校的校园里左转右弯，哪里找得到什么墓地，更无任何碑石为志。不过整个校区，高高低低，都在山坡上面，坡势还颇陡斜，应该就是从前的胡家山了。一连问了几个路人，都不得要领。最后有人建议，不妨问问老校工。那老校工想了一下说：“以前是有几座坟墓的，后来就盖了房子了。”他指指坡上的几间教室，说好像就在那下面。

我们的车在教室对面的坡道旁停定，我帮着我存把带在车上的一束香点燃，插在教室墙外一排冬青的前面。我和易丹站开到一边，让我存一人持香面壁，吊祭无坟可拜无碑可认的亡魂。那天好像是星期天，坡上一片寂静，天色一直阴冷而灰淡，大渡河水在远处的山脚下隐隐流着。幸好是如此，要是人来车往，川流不歇，恐怕连亡魂也感到不安了。

我存背对着我们，难见她的表情。但我强烈感到，此刻在风中持香默立的，不是一个六十五岁的坚强妇人，也不是我多年的妻子，而是一个孤苦的小女孩，牵着妈妈的手，来上爸爸的新坟——那时正当抗战，远离江南，初到这陌生的川西僻乡，偏偏爸爸仓促间舍她们而去，只留下母女二人，去面对一场漫长的战争。想想看，如果珊珊她妹在她这稚龄，而我竟突然死了，小女孩们有多么无助，又多么伤心。

易丹在旁，我强忍住泪水。却见我存的背影微微颤动，肩头起伏，似乎在抽搐。

易丹认为我应该过去“安慰师母一下”。

我说：“不用。此刻她正在父亲身边，应该让他们多聚一下，不要打断他们。其实，能痛哭一场最好。”

3

我存虽然不时提起她的父亲，更爱回忆战前她家在杭州的美好岁月，但是吉光片羽，总拼不起完整的画图。毕竟父亲亡故，她才七岁，至于杭州经验，更在她六岁以前，有些记忆恐怕还是从母亲口中得来。

不过那两张地图和一本照相簿却是有凭有据的信史。那照相簿在三〇年代应该算是豪华的了。篇幅二十五公分乘十九公分，封面墨绿烫金，左上端是金色大字Album，右下角是汉英对照的金色小字“杭州圣亚美术馆制”。里面的照片有大有小，大的像明信片大，小的几乎像邮票，当然一律黑白，不过大半保存完善，并不怎么泛黄。我存小时候的照片，独照和跟父母合照的，有十几张；其中有的很可爱，有的豆蔻年华，竟已流露早熟的情韵，“我见犹怜”，有的呢照得不巧，只见羽毛未丰，唉，只能算丑小鸭了。

最令我着迷的却是她父母的合影，尤其是在新婚时期。有一张是在照相馆所摄，背景是厚重的百折绒幕，新婚夫妻都着雪白的长衫，对称鲜明。新娘坐在靠背椅上，两脚交叉，两手也文静地交叠在膝头，目光灼灼，凝视着镜头。新郎侍立于侧，一只手扶着椅背，戴着浑圆的黑框眼镜，身材高挑而文弱，一派五四文人的儒雅。那正是我无缘拜见的岳父范赉，但是岳母似乎一直以他的字“肖岩”相称。

当时的读书人似乎都戴这种圆形细边的黑框眼镜，不但徐志摩如此，梁思成如此，细细想来，西方的文人如乔伊斯也是这么打扮的。不知为何，现在看来却感到有些滑稽，也许是太圆滚了，正好把眼睛圈在中央，像是猫头鹰。至于岳母的坐姿与手势，似乎当时的淑女都应如此，才够lady-like。更有趣的，是她的乌发是头顶向左右分梳，分发线就在头的中央。民初的女子也常见如此梳发，林徽因在许多照片里也是这发型。岳母老来一直容颜清雅，年轻时候原来丰满端丽，真是一位美人，加上当日的衣妆与发型，竟有几分像林徽因。

照相簿里有一张多人的合照，只有两张名片大小，半世纪后已略发黄，更因镜头是中远距离，人物只有三公分高，要一一指认，不很容易。我存可能曾向我简述，那是留法同学会某次在杭州聚会，也可能说过其中一人是林风眠，为她父亲好友。不过后来我淡忘了，因为早年我一直不曾体会林风眠乃二十世纪中国的一大画家，而晚至七〇年代末期，连大陆中华书局出版的《辞海》香港版，也未列林风眠、傅抱石、李可染的条目。

一九七六年，“文革”总算结束了。次年十月底林风眠才摆脱了冤狱的阴影，从上海去了香港，直到一九九一年在港病逝，没有再回内地。他去了香港后，又设法为义女冯叶申请出国，一九七八年冯叶乃能赴港与义父相聚，并陪侍他度尽晚年。林风眠擅长的仕女主题，颇有几幅的眉眼情韵就似乎取材于冯叶，画得分外姣好。

在香港时我始终没有见过林风眠，只在收藏林氏作品最力也最丰的王良福家中，观赏过不少真迹。倒是我存认识了冯叶，并由冯小姐陪同，去林氏的画室参观。那天我存见过林风眠，十分高兴，回来时对我说，她曾告诉林风眠她的父亲是谁，不但也是勤工俭学的留法学生，而且战前在浙大任教，与当时在杭州主持艺专的林氏颇有往来云云。我存又说，她也很喜欢冯叶，觉得冯叶温婉可亲，并说林风眠历经冤狱的劫难，临老又独客香江，幸有这知己的义女随伴照顾。

谁能不喜欢冯叶呢？中国现代画的一代宗师，幸有她温婉的风姿给他灵感，更有她坚毅的意志给他照顾：凡是林风眠艺术的信徒，谁不领她的情呢？

今年是林风眠诞生百年，高雄市美术馆与《民生报》合办“林风眠百岁纪念画展”，展出他各种题材各种风格的代表作一百幅，即由冯叶任总策划。她由香港赶来高雄参加开幕典礼，并将我存交给她的照片，留法同学在杭州重聚的那张合照，带回香港，把它放大后再寄回给我们。

那张小照片给放大了四倍，清楚多了。究竟是相中人一下子逼近到我的面前，还是我突然逆向着魔的光阴闯回了历史的禁区？只见里面的十九个人目光灼灼全向我聚焦射来，好像我是“未来”的赫赫靶心。但是说他们目光灼灼，也并不对，因为十九个人全在那一刻被时光点了穴，目光凝定，都出了神，再叫他们，都不会应了。岁月当然在抗战以前，很可能是一九三五或一九三六。相中人看来也都在壮年：我的岳父范肖岩与林风眠同年，今年都满一百岁了。相中这些归国的壮年，迄今也都应在百岁上下，敢说全都不在了。

可是那天的盛会，看来应是秋天，因为台阶两侧摆着好几盆菊花，众人的西服也显非夏装。盛会一散，众人将必各奔前程去了。不久战争的炮火将冲散他们，有的不幸，将流离失所而客死他乡，像我的岳父，有的何幸，历经千灾百劫挫而不败，终于成就一生的事业，像林风眠。

前排最右边的一位，戴黑框圆镜着深色西服而两手勾指者，是我岳父。后排站在极左、方额宽阔饱满而黑发平整覆顶者，是林风眠。冯叶又认出了两人：唯一的女子，长发蔽眉者，是蔡元培的女儿蔡威廉；站在她右边、被唯一的长衫客当胸挡住的，是她的丈夫画家林文铮，也是当日杭州艺专的教务长。这其中一定还有别的豪俊，是中土所生，法兰西所导，却隐名埋姓，长遁于时间之阴影。但愿有谁慧眼，能一声叫醒英灵。

片瓦渡海

从江北国际机场出来，天已经黑下来了。毕竟是大陆性气候，正在寒露与霜降之间，夜凉侵肘，告诉远客，北回归线的余炎早已抛在背后了。明蓉把我们接上工商大学的校车，平直宽坦的高速公路把我们迎去南岸。路灯高而且密，灯光织成繁华的气氛。不过长途的终点若是一个陌生的城市，而抵达时又已天黑，就会有梦幻之感，感到有点恍惚不安。

说重庆是一个“陌生城市”，未免可笑。少年时代我在这一代足足住过七年，怎么形容也绝非陌生；但那毕竟是六十年前的事情，沧桑之余，无论如何也绝非“熟悉”了。车向南行，渐浓的夜色中，明蓉指着对江的一簇簇摩天楼说：“那边正是重庆，你还认得出吗？”我怎么认得出呢？成簇成丛的蜃楼水市，千门万户几乎都在五十层以上，六十年不见，重庆不单长大了，而且长高了那么多，而且灯火那么热闹，反而年轻起来。不但我不敢认他，他，只怕更不认我了吧？

第二天一早，王崇举校长就来翠林宾馆，陪我们夫妻在校园散步。校园很广，散布在斜向江岸的山坡上，高楼丛树，随坡势上下错落，回旋掩映，所以散步就是爬山。秋雨霏霏，王校长和我共伞，一面指着寒林深涧，有山泉冷冷流来，穿石桥更往下注。他又带我们和徐学转上一条很陡的山径，青板石阶盘旋南去，没入蔽天林荫。他说这条路叫做“渝黔古道”，工商大学的校园正是起点。我们仰望一径通幽，怀古未已，王校长又带我们曲折下山，来到一个井旁。那是一口开敞的古井，宽约四尺见方，水面一片虚明。王校长说这是传说已久的仙泉，饮之可除百病，而且不论雨旱，总是水量饱满。我立刻用瓢舀了仙水，浅尝了一口，顿觉清甘入喉，又喂了夫人我存一口。这才注意到附近的瓶瓶罐罐，散置了一地，村民或用手提，或用车推，几乎不绝于途，黄老之治的校长在一旁顾而乐之，有福与民共享。

两岸交流以来，这是我第三次访蜀，却是第一次访渝。承蒙厚爱，每一次待我都像游子还乡，媒体报道都洋溢乡情。这一次回重庆，前后七天演讲三次，前两次在工商大学与教育学院，一次是《中文不朽——面对全球化的母语》《诗与音乐》。第三讲在三峡博物馆，题为《旅行与文化》。此外，工商大学更为我安排了紧凑的日程，先后带我去了朝天门、磁器口、悦来镇、大足石刻博物馆、四川美术学院、江碧波美术馆。

凡是未登朝天门北望的人，都不能自称到过重庆。因为这是水陆重庆的看台，巴蜀向世界敞开的大门。有人不免会想到三峡，不过三峡长胜于宽，历史与传说回音不断，就像河西走廊一样，与其说是大门，不如说是长廊。

细雨洒面，烟波浩渺，嘉陵江从西来，就在广场的脚下汇入了长江的主流，共同滚滚北去，较清的一股是嘉陵之水，主流则呈现黄褐。江面颇宽，合流处更形空阔。俯临在水域上空，重庆、江北、南岸，鼎立而三，矗起的立体建筑，遥遥相望，加上层楼背后的山影叠翠，神工之雄伟，人力之壮丽，那气象，该是西南第一。

倚立在螺旋形栏杆旁边，我有“就位”之感。此刻我站的位置，正是少年时代回忆的焦点，因为两条大河在此合流，把焦点对准了。人云回乡可解乡愁，其实未必。时代变得太快，沧桑密度加深。六十年前，在这码头随母亲登上招商局的轮船，一路顺流回去“下江”的，是一个十八岁的男孩，胜利还乡的喜悦，并不能抵偿离蜀的依依。那许多好同学啊，一出三峡，此生恐怕就无缘重见了。那时的重庆，尽管是战时的陪都，哪有今日的重庆这么高俊、挺拔？朝天门简陋的陡坡上，熙熙攘攘，大呼小叫的，多是黝黑瘦小的挑夫、在滑竿重负下喘息的轿夫、背行李提包袱的乡人，或是蹲在长凳上抽旱烟的老人。因为抗战苦啊蜀道更难，我这羞怯的乡下孩子进一趟城是天大的事，步行加上骑小川马，至少一整个下午；而坐小火轮顺嘉陵江南下，一路摇摇摆摆，马达声虐耳扑扑不停，也得耗两个钟头。那时候，泡茶馆是小市民主要的消遣；加一包花生、瓜子或蚕豆，就可以围着四方小桌或躺在竹睡椅上，逍遥半个夏日，或打瞌睡，或看旧小说与俄国小说的译本，或看晚报，或与三两好友“摆龙门阵”。这一切比起今日的咖啡馆、火锅店、星巴克店，似乎太土太老旧了，但今日的重庆，新而又帅，高而又炫，却无门可通我的少年世界。

不过倚望着逝者如斯，不舍昼夜，我仍然有“归位”的快慰。人造的世界虽巨变而难留，神辟的天地仍凿凿可以指认。脚下这两条洪流，长江远从漠漠的青藏高原，嘉陵江远从巍巍的秦岭，一路澎湃，排开千山万壁的阻碍，来这半岛的尖端会师，然后北上东去，去撞开三峡的窄门，浩荡向海。这千古不爽的约会，任何人力都休想阻挡。如果黄河是民族的父亲，长江该是民族的母江，永不断奶，永远不可以断奶。江河是山脉派去朝海的使者，支流与溪川，扈从无数。嘉陵江簇拥着长江，是何等壮阔的气派，这气派，到下游汉水率百川来追随，我也曾在晴川阁上豪览。

我这一生，不是依江，便是傍海，与水世界有缘。生在南京，童年多在江南的泽国，脚印无非沿着京沪铁轨，广义说来，长江下游是我的摇篮、木马。抗战时期，日本人把我从下游赶来上游，中学六年就在这脚下茫茫的江水，嘉陵投怀于母水的三角地带，涛声盈耳地度过。战后回到石头城，又归位于浩荡的下游。所以我的早年岁月，总离不开这一条母河。至于其他的岁月，不是香港，就是台湾，河短而海阔，一条水平线伴我，足足三十二年。

而今重上朝天门，白首回望，虽然水非前水，但是江仍故江，而望江的我，尽管饱经风霜，但世故的深处，仍未泯当年那“川娃儿”跃跃的童心。

那一片未泯的童心引我在访渝的第五天，载欣载奔，终于回到悦来场。

毕竟是六十年前的事了，为了我能够顺利寻根，重庆工商大学的胡明蓉女士事先曾三度到北郊的悦来场，去探访我的母校与故居。时光的迷雾岂能一拨就开？苏武回头不过十九年，陆游再遇也仅四十年，而过了六十载呢，岂能奢求母校与故居依旧，痴痴地等一个少年回家。明蓉锲而不舍，旧址是找到了，但是屋舍已经拆了改建，连老树也未能逃过斧锯。所幸长寿的人还留下一些，犹可见证我劫后归来的幼稚前身。

最后，她给了我一张“清单”，上面的十五个人名分成四类，计有青年会中学的同班同学二人，校友十人，童年玩伴二人，校工一人，每人名后还注明现状和电话号码。她还说，名单上的人大半会来迎接，住得远的会有的士接送。

那一天阴雨顿歇，一行人乘了两辆车向北驶去。悦来场在重庆北方约四十公里，是渝北区所辖，现已改名悦来镇。到镇上已近中午，与区镇领导、媒体记者等有简短的会谈，接着便去看江边的码头。

浓绿的树荫下，石阶宽阔，顺着坡势斜落向江边。连日秋雨，阶石和草坡还没有收干，泥味和水汽沆瀣一体，唤醒记忆深处蠢蠢的嗅觉。青苔布满在石砌的短栏上，阴郁一如当年。最难忘的是坡底滔滔的江水，一路迂回从秦中流来，到此江阔水盛已成下游，流势却仍湍急，与我少年的脉搏呼应。

我在港台这么多年，大陆的一些江湖由大变小，由深变浅，由清波变浊流，令回头的浪子有几分伤心。

所以今年在大陆水上旅行，见清波畅流，就特别赏心注目，甚至喜极泪下。去年端午在汨罗江边祭屈，见到水清流畅，觉得这样的江水还值得一投。此刻我回到嘉陵江边，发现流势仍旺，水色未浑，梦中的童话竟然未损，终于宽心一笑，向坡底的沙岸走去。

水边铺石为台，就算是小码头了，但不见船来投靠，一如六十年前。只有三五妇人对着江流在洗衣服，背后散置着五颜六色的塑胶桶或竹篓，令我想起当年粗衣陋桶，木杵捣捶的村姑。她们见一糟老头子，后面跟着一群领导和媒体，约略知道是怎么回事，再见有人照相，就纷纷要把大篓小桶之类清出现场。我大声说："不要拿开，就是要照你们随便的样子，愈乱愈好！"大家笑了。我又对她们说："我又不是外人，只是当年的'下江人'。你们还没有出世，我就常来这江边了。我在悦来场山上的中学读书，家就在上游五里的清溪口。每星期回家一定要经过这里，不但在河里洗过脚，有时还在沙滩上小便呢。"她们哈哈大笑，我又补一句："那时蹲在这里洗衣服的，大概是你们的祖母或者婆婆。"

终于大家让我独自面对江水，冥想过去悠悠的岁月。那时，我的父亲和母亲不但健在，甚至年轻。那时，我有许多小同学、小玩伴，食则同桌，睡则连床，上课时坐在同一条长板凳上，六十年后我还能说出十几个人的名字，甚至绰号。江水静静地流着，在我面前闪闪逝去的，是水光呢还是时光呢？对岸的山色在眼前还是在梦里？水平线上是一排密实方正的巨岩，有三层楼高，更上面迤逦不断的是竹林连着竹林，翠影疏处掩映着瓦灰人家。河太阔了，听不出有无狗叫。一切浑茫的记忆，顿时对准了焦点。那时夜里，间歇的是犬吠，不断的是江声……忽然有人在坡顶叫喊，说我的同学们到了。

六十年不见的同学，也一直未曾通信，应该是什么样子呢？当年也无非乡下的孩子，村童村姑而已，男孩子不是惨绿少年，女孩子也不是闺秀少艾。就算是出自绅良人家，在当年的学风与战时的简朴之中，也不可能怎么矜持摆谱。温馨记忆里的小朋友，一回头，忽然都变了脸，改了相，成了名副其实的“老同学”，情何以堪。

说时迟，那时快，从镇口的牌坊下，四五十级的长板石阶斜斜垂落，放一道时光之梯下来，迎我上去。人群从牌坊拥出，簇拥着八九个老人步下阶来，笑语喧哗，神情兴奋。明蓉立刻为我们“介绍”。老同学面面相觑，我的双手都来不及握。大家的表情，惊喜里有错愕，亲切中有陌生，忘我的天真之中又有些尴尬。岁月欺人，大家都老了，可堪一叹。不过都还健在，而且不怎么龙钟，也无须搀扶，又值得高兴。笑语稍稍退潮，我才大致分出一点头绪：女生来会的有四位，男生则有五位。不知怎的，她们似乎保养得好些，反应也比较敏捷；他们就更显风霜，也许羞怯，也显得比较迟缓。

其中一位女生李义芳，远在丰都，本来不想长途坐车，幸好她孙女在课本上念过我的《乡愁》，不但鼓动祖母，而且一路陪同。另一位女生朱伯清，是我初中同班同学，更显得亲切，还说得出同班其他人的名字。除了笑时眯眼曳出鱼尾纹外，她脸上仍然白净无斑，可以想见当年的姣好。大家七嘴八舌，都忘情忆旧，返老还童。这一跨世纪的重逢，引来满街的镇民围观，看时光的魔术如何变化。我拥着朱伯清的肩头，回头用川话向观众嚷道："你们不晓得，六十年前她们还是美女！"

大家一阵哄笑，又簇拥我们到一家茶馆里坐定。十个初中同学，加起来近八百岁了，围住四方的木桌，用传统的盖碗冲浓郁的沱茶，气氛非常怀古。接着就上了一辆大车，开去上坡五里外的青中旧址。

说是旧址，因为当年从南京迁来的青年会中学早已撤走，后来校舍也拆了，不但人非，物也面目大变了。一行人踩着雨后泥湿的田埂，越过一丛又一丛竹林，来到旧址，面对着残留的一面山形粉刷高墙，在一个半废的院子停下，护墙木板纵横成方格，空洞的窗框里伸出些干包谷叶。我指着危墙说："那里面就是男生宿舍了。女生宿舍要讲究些，有典雅的月洞门可通，却是男生的禁区。"

"你还记得别的东西吗？"朱伯清说。

"那太多了，"我说，"教室、饭堂都不见了。"

"去教室的小路，"她说，"还通过橘树园。"

"对。橘树不高，可是绿油油的树荫，结了许多果子，"我说，"对了，那棵大白果呢？"

"早锯掉了。"萧利权说。

"太可惜了，"我叹息，"树老成精，它是校园里最老的生命，晴天的太阳总先照到树顶，风雨来时，丛叶沙沙总最先知道。”

“你的散文里曾写过。”徐学说。

“是呀。”我说，“一下过雨，满树银杏就落了一地。我们捡起来，夜自修时在桐油灯上烤熟了，剥的一响，就香气扑鼻，令人吞口水。在台湾，每次见到银杏树，就舌底生津，怀念四川。”

看见我存在一旁忙着照相，就叫她过来，对大家说：“这就是我的堂客。”

满院子的人都笑了。我转头对徐学说：“你们现在叫爱人，四川话以前把妻子叫做堂客。”我对大家又说：“她小时也在四川，住在乐山，天天看到大佛。我们当时没有见面，后来在南京一见面就讲四川话，夫妻之间只讲四川话，直到现在。”

这时乡人带了一老妪前来介绍，说她的丈夫是以前的校工。我脱口便问她：“田海青还好吧？”她眼睛红红的，黯然低语：“早已过世了。”我说：“最记得田海青，他一出现，手里拿着铃，就是要下课了。他的下课铃最受欢迎了，尤其是空肚子等午饭的第四堂课。”

沉浸在久别乍聚的喜悦之中，往事一幕半景，交叠杂错，忽明忽灭，欲显又隐，匆促间岂能理清头绪？十个初中同学如果悠然久坐树下，对着茶香袅袅，水田汪汪，追述共同度过的少年，相信回溯时光之旅，定能深入上游，更加尽兴。但是村民围观，儿童嬉笑，加上数码相机眈眈又闪闪，兴奋而混乱的重逢，忽然又要分手了。尤其是原来的同学，还得赶回家去，于是就在当年共数朝夕的旧地，再度分手。此生再聚，就算蜀道不难，世道不乱，但高龄如此，海峡如彼，恐怕是渺乎其茫了吧？

余人陪我，与我存、徐学、明蓉，再度上车，去凭吊最后的一站，朱氏宗祠。

祠堂独据嘉陵江边一座小山丘顶，俯瞰一里外江水滔滔，从坡底的沙洲浩荡过境，气势雄豪。父亲在重庆上班，但机关疏散下乡，母亲就带着我住在祠堂最后一进。宽大的四合院子，两侧的厢房都有二楼，就住了父亲好几家同事，鸡犬相闻，颇不寂寞。全面抗战的次年我们住进去，胜利的次年才下山回乡。那是我第一次，和一大群小朋友朝夕嬉戏在一座大杂院里，大门的门槛一尺高，跨进去时大家都还是小把戏，走时再跨出来，已经变成大孩子了。

从祠堂走路去寄宿的青年会中学，大约有十里路，大半是在爬坡。先是小径蟠蜿，一路下到江边。然后沿着平岸，逍遥踏沙而行。一时江声盈耳，波光迎目，天地间唯我一人与造化意接神通。悦来场远远在望，不久就俯临坡顶，于是拾级上阶，穿过牌坊，走出镇口，再爬五里坡道，就看见校前的水田了。

就这么，从十二岁到十八岁，一个江南的孩子在巴山蜀水里从容长大，吸巴山的地气，听蜀水的涛声，被大盆地的风云雨露所鼓舞、滋润。那七年中，我慢慢地成长，像一株橘树，与四季同其节奏，步履不出江北县的范围，四围山色围我在蕊心，一层又一层的青翠剥之不尽，但我并不觉得是被囚，因为嘉陵江日夜在过境，提醒我，上游的涓滴是秦山派来，下游的洪流要追汇长江，应召赴海。总有一天战争要结束，我也要乘此江水，顺流东下，甚至到海，甚至出洋。世界在外面，在下面等着你呢，嘉陵江说。

所以那几年我一点也不感寂寞。嘉陵江永在过境，却永远过不完。他什么也没说，可是我听到了许多。尤其到夜里，万籁俱寂，深沉的他的男低音，就从山下一直传到我耳畔，摇撼我敬畏的心神。他的喉音流入我血管，鼓动我诗的脉搏。

从前那少年在那山国的盆地，曾渴望有一天能走出山来。但出川愈久，离川愈远，他要回川的思念就愈强。他要回来再听那无尽的江声，因为那江水可以见证，那是他和母亲最亲近的岁月。日后他写的《乡愁》一诗："小时候/乡愁是一枚小小的邮票/我在这头/母亲在那头"，正是当初他寄宿在学校，怀念母亲在朱氏宗祠的心情。

在一座村舍的前院车停了下来，我们终于到了朱家祠堂——的故址。四顾只见三五瓦屋，灰瓦层叠如浪，一直斜覆到屋檐上，悬着瓦当。一行行的瓦槽，低调的暗淡之中有怀古的温馨。粗糙的墙壁用杂石和红土砌成，梁木从屋内伸出，架着晾衣的竹竿。这是萧利权的住家，三代同堂。他把儿子和媳妇叫出来，和我们照相。小孙女则在一旁看热闹。我们坐在前院喝茶，摆起龙门阵来。

近邻闻讯而至，都挤来我们面前欢迎远客，想从眼前这老头的身上，依稀揣摩出当年从下江来的那少年。听到我们夫妻用流利的川话，数当年的琐碎经历，村人更感亲切。我对大家嚷道：“我哪用你们欢迎呢，你们根本还没有出世，我早就来悦来场了。我欢迎你们还差不多！”

大家哄笑起来，更围得拢些。看得出，一张张笑得尽兴的面孔，对我地道的重庆话十分惊喜，对我感念四川不远千里来探望也很领情。看得出，他们的衣着都非常整洁，甚至光鲜，也许是刻意盛装迎客，但是比起六十年前他们的祖辈来，却是体面多了，令我非常欣慰。那一场的盛情、真情，够我用几年几月，够解我六十年乡愁而有余。

徐学在旁边一直顾而乐之，并频举相机。我对他大发议论，说什么近日回蜀之乐哪个作家享受得到，因为这需要两个条件：是长寿而堪跋涉，二是时代要太平。

这时村民引一老叟来见，说他当年常来朱家祠堂，不但记得我，甚至还记得我的父亲。

“你的爸爸叫余超英，你妈妈人很好。”他的眼睛牵动着鱼尾纹，满含笑意，似乎在望着当年的我。我没有想到有这么一句，惊讶加上感动，一时无从接嘴。他竟然说得出我父亲的名字，当然是真的了，就像一张落叶，飘飘忽忽，竟被树根接住。

“余先生也待我很好。”萧利权在一旁对我存说。“我是附近人家的小孩，常来祠堂张望。看见下江人的小孩玩在一起，家境比较好，文化水平比较高，非常羡慕。余先生那时是小孩头，领着大家一起耍，对我们并无见外，总是让我参加。”

“那时我们从下江来，你们还叫我们‘脚底下的人’呢！”我存笑道，“都是小鬼头啦，谁还分什么下江、上江啊。你看余先生跟我，一直到现在，这么老了，夫妻之间还讲四川话！”

十月下旬的半下午，雨虽已停，而秋阴漠漠，江声隐隐，向晚还颇有寒意。我存仰望灰沉沉的屋顶，直赞檐际云纹的瓦当古色斑斓，令人怀旧。村人边说这古董多得是，喜欢的话，不如带几块回去，留个纪念。又说屋上这些瓦当，正是拆祠堂时所遗留。于是七嘴八舌，竟就叫人取来梯子，要上屋去拿。我们直说不可，何况这东西棱角突兀，装箱不便，还是让它留在屋檐上，守住我的童年吧。村人哪里肯听，一定要拿下来。最后，认得我父亲的老叟说：“就拿一块也好，代表我们大家的一点心意。这种东西一年比一年少，现在不留，将来哪里去找？有一天只怕连瓦屋都不见了。”

顿时我流出泪来，便不再推让，要我存收了下来。幸好是收下来了，而且带过了海来，现在才能俯临在客厅的柜顶，苔霉隐隐，似乎还带着嘉陵江边的雨气。毕竟，逝去的童年依依，还留下美丽的物证。

临别四顾，找不到当年祠堂前浓荫蔽天的大黄葛树，向萧利权问起，他说早就锯掉了。迟来的讣闻仍令我黯然。这黄葛老树遮过我孩时大半个天空，春天毛毛虫落纷纷，夏天蝉噪得满山不宁，总是姑息我们这一群顽童在他的庇荫下嬉戏。祠堂前要是少了这顶天立地的巨灵，风景就顿失主角，鸟雀就无枝可依，四季也无戏可演了。是这棵老黄葛，和校园里那棵巨银杏，使孩时的曦霞和星月有了童话的舞台。竟然都不肯等到我回来：树犹如此，人也可依。

萧利权在山顶的路头停下，为我指点一径断续，下山没路，然后盘盘出谷，绕过邻丘，没于坡后。更远处水光明昧，便是嘉陵江了。

这一景有如朝天门，胎记一般地不可磨灭。此刻我站的地方，正是六十多年前的母亲常站的山头。星期天的下午，我拎起布包动身回校，母亲照例送我跨出祠堂的高槛，越过黄葛树阴的土坪，然后就站在这坡径的起头，望着我孤独的背影渐远渐低，随山转折，时隐时现，终于被远坡遮没。就在坡回路转之际，我总会回头仰望，只见母亲的身影孤立在山顶，衬着云天。我就依依向她挥手，她也立刻挥手回应。母子连心，这一刻永烙不磨。我转过身去赶路，背心还留着母爱眼神的余温。

“每次我回校，母亲总站在这里目送，”我转头告诉徐学，“我走到远处回头看她，独立天地，宛如一块‘望子石’，最后我们离川，也是从这块石板下山去的。”

悦来场的重聚，有一位同班同学近在重庆，却未能赴会，那便是石大周，他曾担任《重庆晚报》的总编辑，历时六年，贡献颇大，近年因病退休，在家调养。三年前，他得知我在台湾近况，乃写了《归来吧，诗人》一诗，托人带来台湾给我，并促我回重庆一游，后来更将此诗与我的回信一起刊登于《重庆晚报》，并将我们母校的悦来场旧址摄影多帧随文刊出，于是我的乡心就更加波动了。

离开重庆那天的上午，明蓉带我们去看大周。他坐在客厅的长沙发上等我，两人“一见如故”，其实当然都老了，一时惊喜加惘然，半个多世纪不知从何说起，两人历数初中的种种往事，兴奋如回到孩时，他的家人在一旁听着，都觉得好笑。我们说到当年那银杏巨树，不觉都神往于灯上烤白果的香味，我告诉大周抗战时期学生常说的一则笑话，说当年八人同桌，晚饭打牙祭，争食之余，有同学见盘中还剩一块肉，便噗的一声吹熄了桐油灯，先下手为强。结果呢，他没有抓到肉，只抓到了七只手。

大家哄堂一笑，明蓉提醒访客，时间到了，得赶去机场了。我起身向大周告别，已经握过了手，将要出门。忽然我感到不舍，就这么分手心有不甘，难道又要等六十年才再聚吗？

我回身走向沙发，半俯半跪，将大周紧紧抱住，像抱住抱不住的岁月，一秒，一秒，又一秒，直到两人都流下了泪来。

山东甘旅

春到齐鲁

清明节前一星期，我的飞机降落在济南的遥墙机场。邀请我去齐鲁访问的虽然是山东大学，真正远去郊外欢迎的，没有料到，却是整个春天。从机场进城，三十公里的高速公路上，车辆稀少，但两侧的柳树绿荫不断，料峭的晴冷天气，千树新绿排成整齐的春之仪队，牵着连绵的青帐翠屏，那样盛况的阵仗，将我欢迎。那些显然都是耐干耐寒的旱柳，嗜光而且速长，而且绿得天真情怯，却都亭亭挺立，当风不让。只等春深风暖，就会高举华盖，欣欣向阳。

从城之东北进入山东大学的新校区，外事处的佟光武处长和刘永波副处长把我安顿在专家楼，就将我留给了济南的春天。一千年前，济南的才女李清照说："宠柳娇花寒食近，种种恼人天气。”我在山东十天，尽管春寒风劲，欺定我这南人，却是一天暖过一天，晴得十分豪爽。愈到后来，益发明媚，虽然说不上春深似海，却几乎花香如潮了。不，如潮也还没有，至少可以说沦纹回漾。

专家楼外，有几树梨花，皓白似雪，却用淡绿的叶子衬托，分外显得素雅，那条巷子也就叫梨花路。偌大的山大校园虽然还只是初春，已经众芳争妍，令惊艳的行人应接不暇了。桃花夭夭，冶艳如点点绛唇。樱花串串，富丽得不留余地给丛叶。海棠树高花繁，淡红的风姿端庄而健美，简直是硕人其颀。每次从邵逸夫科学馆前路过，我都左顾右盼，看得眼花，无法“不二色”。只恨被人簇拥来去，点指参观，身不由己，无法化为一只蜜蜂，周游众芳，去流留“一花一天国”。

但令我一见就倾心，叹为群艳之尤的，是丁香。首先，这名字太美了，美得清纯而又动听。然后是爱情的联想：“青鸟不传云外信，丁香空结雨中愁”，李璟的名句谁读了能忘记呢？丁香与豆蔻同为桃金娘家的娇女，东印度群岛中的马鲁古群岛，即因盛产这两种名媛，而有“香料群岛”的美称。早在战国末期，中国的大臣上朝，就已用丁香解秽。干燥的花蕾可提炼丁香油做香料，也可以入药，有暖胃消胀之功。此花属聚伞花序，花开四瓣，辐射成长椭圆形，淡绿的叶子垂着心形，盛开时花多于叶，簇簇的繁花压低了细枝，便成串垂在梢头，简直要亲人，依人。你怎能不停下步来，去亲她，宠她，嗅她，逗她。

后来我写了《丁香》一诗，便有“叶掩芳心，花垂寂寞”之句，不但写实，也藉以怀念李清照，中国最美丽的寂寞芳心。

初春的济南，到处盛开着丁香，简直要害人患上轻度的花魇，花癫，整天眼贪鼻馋，坐立不安。山大校园里的丁香就有乳白、浅绯、淡紫三种，好像春天是各色佳丽约好了一齐来开园游会，你不知该对谁笑才好。我心里暗暗挑选了紫衣的姹娃，也就是所谓“华北紫丁香”了。

同为地灵所育，灼灼群芳只争妍一季，堂堂松柏却支撑着千古。从济南的千佛山到灵岩寺，从岱庙到孔庙与孟庙，守护着圣贤的典范、英雄的侠骨的，正是这一排排一队队肃静而魁梧的金刚。阴翳的树影萧森，轻掩着屋脊斜倾的鳞鳞密瓦，或是钩心斗角的犄望屋檐，再往下去，覆盖在横匾与楹联上，或是土红粉白的墙头，或是字迹漶漫的石碑。若是树顶有鸦鹭之类来栖，则磔磔怪号声中更添寒禽古木的沧桑。

跨进寺庙高高的门槛，最先令我瞻仰出神的，往往不是香火或对联，而是这些木德可敬的古树。济南一带气候干燥，一年雨量不过六百七十二厘米，约为高雄的三分之一。我在山东十天，只觉寒风强劲，时起时歇，却一直无雨，松柏桧槐之类的“常绿乔木”，虽然经冬耐旱，不改其郁郁苍苍，却显得有点干瘦，绿得不够滋润。

鲁中寺庙里巍巍矗立的，多半是柏，本地人把它念成“北”。那十天我至少观叹过上千株古柏，其风骨道貌却令人引颈久仰，一仰难尽。那气象，岂是摄影机小器的格局所能包罗？从千佛山到灵岩寺，从孟庙到孔林，那成千上万的木中长老，柏中华胄，哪一树不是历经风霜，饱阅世变，把沧桑的记忆那么露骨地深刻在糙皮上面？朝代为古柏文身，从蟠根到盖顶，顺着挺峻高昂的巨干，一直削上天去，像是凿得太痛，苍老而坚毅的霜皮竟都按着反时钟的方向朝上面拧扭，回旋成趣。

岱庙里有五株汉柏，传说是当年汉武帝来泰山封禅，亲自手栽。耿耿汉魂，历劫犹健，但毕竟是两千多岁了，槎枒的枝柯早已炭化，霜皮大都剥落，只靠残余的片段向古根汲水，去喂顶上虬蟠的苍青。问他们建元的往事，问张骞和苏武几时才回国，古木穆穆，只鸦啼数声便支吾了过去。

古庙古宅里的区联碑志，像历史的散简断编，但逐一读去又苦其卷帙浩繁，字迹难辨。读累了，我宁可仰观古树，或摩挲树身，从淡淡的木香里去仿佛古人的高标与清誉。屹然峭起的古柏，刚劲的巨干如柱，把虬蟠纵横的枝柯，和森森鳞集的细叶，挺举到空际去干预风云。这些矍铄自强的老柏、老伯，阅历之深岂是匆促的游客能望其项背？喋喋不休的导游小姐，只像是绕树追逐的麻雀罢了。那许多秦松汉柏，满腹的沧桑无法倾诉，只能把霜皮拧扭成脾气，有些按捺不住，竟然发作成木瘤满身，狞然如峥峥的怪兽，老态可惊。

岱庙的五株汉柏，相传是汉武帝封泰山时所植，果然，就应有两千多年了。泰山上的五大夫松，相传是因秦始皇在树下避雨而受爵，虽然更老，却不如汉柏长寿，早在明朝就被山洪冲走，要到康熙年间才加补植，现在也只剩下两株。

古来松柏并称，而体态不同。大致而言，柏树挺拔矗立，松树夭矫回旋。譬之书法，柏姿庄重如篆隶，松态奔放如草书。泰山上颇有一些奇松，透石穿罅，崩进而出，顽根宛如牙根，紧咬着岌岌的绝壁，翠针丛丛簇簇，密鳞与浓鬣蔽空，黛柯则槎枒轮囷，能屈能伸，那淋漓恣肆的气象，简直是狂草了。

杜甫的《古柏行》说古树“霜皮溜雨四十围，黛色参天二千尺”，不过是修辞的夸张。就算加州海边的巨杉，俗称红木者，最高拔的也不过三百六七十英尺。加州海边的怪松，天长地久，被太平洋的烈风吹成蟠屈百折的体态，可称“风雕”，而以奇石累累为其供展的回廊，神奇也不下于泰山之松，只可惜奇石怪松独缺名上品题，总觉得有景无句，不免寂寞。所以山水再美，也需要人文来发挥，需要传说来画龙点睛，才算有情。

泰山一宿

四月二日我在山东大学对五百多位师生演讲，是这样开始的："访问山东，对我来说，实在是一程文化甘旅。能站在黄河与泰山之间，对齐鲁的精英，广义上也是孔丘与孔明的后人，诉说我对于中文的孺慕与经营，真是莫大的荣幸。"

三天之后，正逢清明，我终于登上了泰山。

能登泰山，总是令人兴奋的，不是因为它海拔之高，而是因为它地位之高，也不是因为它磅礴之广，而是为了它名气之大。

东岳泰山，论体魄之魁梧，在五岳之中只能算第三，一千五百二十四米的海拔，不过略胜中岳与南岳。即使未列五岳的黄山，也高它三百多米。不过山能成名，除了身高之外，还要靠历史、神话、传说等等来引发想象、烘托气氛，才能赋风景以灵性，通地理于人文。所以刘禹锡说："山不在高，有仙则名。"例如欧洲第一高峰，高加索山脉的厄尔布鲁士峰（Mt. Elbruz），高达五千六百四十二米；西欧的尖顶，白峰（Mont Blance），海拔也四千八百零七米；都比希腊的奥林匹斯山（Mt. Olympus，二千九百一十七米）高出许多，可是奥林匹斯，众神的家乡，宙斯的宫廷，却更加动人遐想。

所谓华北大平原，东面止于沧海，其他的三面从燕山到太行山，从桐柏山、大别山、黄山到天目山，众岳如屏，连成了千里的陆障，中间几乎全是平野，任凭远来的长江大河悠悠入海。几乎全是，除了泰山。似乎有意腾出一整幅空旷，来陪衬这东岳的孤高，唯我独尊，像纸镇一样镇压着齐鲁。又像是一块隆而且重的玉玺，隆重地盖在后土之上，为了印证她是所有帝王的版图：所有帝王，不仅是秦皇与汉武。

《史记》引管子的《封禅篇》，说古来上泰山封禅的帝王。有迹可见者凡七十二位，其后陆续封禅者，从秦始皇、汉武帝、唐玄宗一直到康熙、乾隆，更相承不衰。封，是筑土以祭天，禅，是扫地以祭地。凡是自认“受命于天”的帝王，都觉得有必要郑重其事地来登这显赫的地标祭告天地，宣示他正统的权威。

泰山为五岳之尊，因为它是东岳。《易经》以震卦代表东方，《说卦》指出：“万物出乎震。震，东方也。”东方是太阳所出，春天所由，自然是万物所生，功同造物。又指出：“震一索而得男，故谓之长男。”至于南方的离只得中女，西方的兑只得少女，北方的坎也只得中男，所以泰山成为众岳之长，峰顶刻立“五岳独尊”的石碑。

在中国哲学里泰山占了如此的优势，难怪历代帝王都要东巡来此，祭祀天地，所以泰山也成了政权继承的阳刚图腾。政教相辅，儒家和道家的宗教景观相互辉映，从山下的泰安城一路攀登到山顶。从平地的神府岱庙到山顶的碧霞祠、青帝宫、玉皇庙，多为道观，但中途的普照寺、斗母宫却是佛寺，而红门宫则释道合一，并祀弥勒佛与碧霞元君。至于儒家文化，则登山起步不久就有坊门巍巍，纪念孔子当年登临故事，到了玉皇顶前又有孔庙。

峨峨岱宗，中华历史、宗教、文化的一大载体，不愧为人文气象最恢弘的名山。而载体的本身，众山罗拜，群峰簇拥，阴阳一割，神秀独钟，更为人文的价值提供了宏观壮丽的场景。就像一座纪念堂，鬼斧神工，本身已经是美的一大存在，更无论它所珍藏的纪念品了。

泰山正是如此：几千万年以前，伊神之力，把燕山一推，又把喜马拉雅山一挤，就捏出了皱成这么一大堆的岱宗，至今历齐鲁四百里方圆，青犹未了。几千年前，伊人之功，把泰山之石切割成形，有的立坊，有的盖庙，有的铺路，有的造桥，更幸运的一些就刻成历代的碑文，或篆或隶，或行或草，人怕忘记的，都交给顽石去深刻保存，风霜去恣意摧毁。

泰山地位如此崇高，经过历代名士题咏，名气更加响亮，甚至常见于成语，成了崇高、重大、安稳的象征。占了地利，儒家的至圣与亚圣每当用喻，辄就近取材，你一句“登泰山而小天下”，我一句“挟泰山而超北海”，就把自己的“家山”愈炒愈热。最有趣的是李斯，在《谏逐客书》中对秦王如此进言：“泰山不让土壤，故能成其大；河海不择细流，故能就其深。”李斯是楚人，举高山为喻却推齐鲁的泰山。他当然不便推举楚山，但对秦王上书，却也不举华山，甚至境内更高的终南山或太白山。那时秦王尚未一统天下，也未东巡泰山，不过前代的帝王从伏羲、神农一直历尧舜而禹汤，传说都封过泰山，已成传统。李斯不说泰山高，而说其大，乃强调其“博大有容”。

古人要登泰山，是一件大事，不但费力，而且费时。若是天子登山封禅，那排场就大了。马第伯的《封禅仪记》述后汉光武帝于建武三十二年车驾东巡，正月二十八日从洛阳出发，二月九日才到曲阜。两天后抵泰安，派了一千五百人上山修路，再过三天，天子、诸王、诸侯及百官才斋戒。次晨正式登山，山道峻险，不时要牵马步行，上行二十里才到中途，更得留下马匹，辛苦攀登。陡径窄处，两边石壁相隔只五六尺。早餐后起步，下午五点多才抵天门。

这是公元五十六年的盛典。一千七百多年后，乾隆三十九年十二月二十八日，也是隆冬之际，姚鼐在泰安知府朱孝纯陪同下，由南麓登岱。事后他在《登泰山记》里说：

“四十五里，道皆砌石为磴，其级七千有余。”这情况比汉代已方便不少，跟今日的条件接近了。

不过姚夫子走的是泰山西路，沿西溪即今黄西河的山径，过凤凰岭山脊到中天门，再左转登峰造极。今日的登山者多从岱宗坊起步，一路循着泰山中路，经红门宫、斗母宫、柏洞而达中天门，再与西路会合，经五松亭、十八盘而抵南天门，玉皇顶便在望了。

如果由中路徒步上山，岱庙到玉皇顶的垂直海拔虽为一千五百四十五米，实际爬坡的脚程却有九千米，即九公里。常人要步完全程，得跨六千六百六十级蹬道，约需六个小时。

我登泰山，既非踵武姚鼐之西路，也非效法国彬之正途，而是避重就轻，半途起步，简直愧对东岳之神。这恐怕要怪山东大学校方低估了我的“健步”，安排行程，到半下午才开始登山。四月五日，正是清明节当天，山大外事处的夏建辉先生与中文系的孙基林教授陪着我存、幼珊与我，上午参观过孟庙，便从邹城北上，中午在泰安接受了山东科技大学的午宴，餐后又去岱庙巡礼，一直到下午三点，才左盘右旋，沿着黄西河一路乘车上山，直达中天门。

中天门海拔逼近千米，坡道已过了五公里半，早已超越半途了。下得车来，凛冽的山风就撞了个满怀，寒意直袭两肘，像山神喝一声口令，警告你，东岳的地段到了。不由你不倒抽一口冷气，周身的汗毛警戒了起来。

再往上就没有车道了，背包和提袋必须随身携带。五个人就又背又拎地踏着黄土，向西侧的凤凰岭走去，不久就到了索道起站。索道建于一九八三年，连接中天门与南天门，全长二千零七十八米，垂直距离六百零三米，单程只需八分钟。由于运客是往复方式，车厢到站只是减缓，并不停定，乘客上车必须敏捷，所以会紧张失笑。

刚刚坐定，笑声还未停，车厢忽然凌空而起。五人齐发低抑的惊呼，有一起从悬崖跳水的幻觉。那么大一整座山岳，横岭侧峰，忽然从我们脚下给抽走，无依无凭，我们竟白日升天，乘在同一片云上，要飞到，咦，哪里去呢？透明的立方云阁外，由于琉璃的长窗紧闭，隐隐只传来天风呼啸，似乎大块在暗暗转轴，此外，群峰都寂寂，不像有什么异样。不过做八分钟的仙人罢了，本来值不得大惊小怪。于是一切都置之度外了，不觉得是飞着，倒像是在浮游嬉戏，带笑相看，都感到幸福非凡。可怕的秦始皇啊，蜂眼眈眈，当年远途跋涉来登山，如果能看到我们此刻的逍遥，又何苦去蓬莱求仙求药呢。这么想着，上面那翘首天外的月观峰，原本只让我们仰窥其下颔的，竟已朝我们转过脸来。那许多傲然的山头，大大小小，都转过了脸，低下了头来。索道到站了。

返仙为凡，再下车时，天风迎面掴来，高处果然寒不可胜，比刚才的中天门显然又低了几度，只有七八度的感觉。加上天阴风劲，东岳果然不可儿戏，大家纷纷加衣。我在厚袄外面更戴上呢帽、围巾，披上大衣，顶风前进，仍觉寒意袭脊，呼吸紧张。

淡赭带灰的城楼侧影，鸱尾隐隐，南天门近了。这里是中天门仰攀的目标，有名的十八盘天梯到了顶级，汗尽的山客到此才苦尽甘来，可以回头一笑了。比起十八盘严苛的折磨来，此去玉皇顶的登天坡道几乎像坦途了。我们的五人行，避重讨巧，以八分钟的逍遥游代替了八十分钟的鲁道难，似乎是聪明之举，但平白放过了机会，未能徒步登山，向东岳致敬，却不甘心。

过了南天门便是天街，游客便多了。靠山的一边是旅馆与商店，人气显得颇旺，不下于城里的闹街。但山壁下面却是众峰簇拥，涧谷深幽，地老天荒的一片沉寂，偶尔几声鸟叫，填不满万古的空山。向晚的阴翳已有些暮意，云正从谷间层层升起。两百多年前，姚鼐在游记里曾说，泰山土少而石多，石状少圆而多方，石色苍黑；又说树多为松，生于石罅，其顶皆平。今日的东岳仍然如此，南天门一带的花岗巨岩，层层相叠，灰褐之中透着锈赭，倒像是一位喜欢整齐的山神堆积木一般地理过。山东此行，在千佛山与灵岩寺所见也如此，灵岩寺后的石山高耸而方正，俨然像一座城堡，令人过目不忘。

但此刻令我们注目的，却不是山，而是人。踏在岱宗魁伟的肩上，俯瞰只见群山朝岳，磊磊错杂着嶙嶙的背后仍然是峥峥，郁郁苍苍，历齐鲁而未了，而收拾不了。不识法相，只缘身在佛头的颊下。登临到此，果真就能把世界看小吗？反倒是愈看愈多，愈多愈纷繁，脚下凭空多出一整盘山岳：我们算什么呢，竟敢僭用这么高的“看台”、这么博大的“立场”？

反倒是这天街上迎面走下坡来的人里，似乎有不少军人，一时只觉得满目苍苍，都是又长又厚的军用大衣，一片草绿的底色上闪耀着金色的排纽，披着深棕色的翻领，令人幻觉这高处像有个兵营。难道泰山顶上是什么边关要塞吗？

“哪来这许多解放军呢？”我转身向扁圆黑帽下瑟缩的我存，带着些微惊疑说道。

“我也觉得奇怪。”她说。

“平地好暖，山上却这么冷！”紧裹在火红风衣里的幼珊，顶着削面的天风诉道。

在前面领路的建辉与基林，这时走了过来，把她们手上的提袋接去。

“没问题吧？”建辉笑笑打量热带远来的三个山客。他身材健硕，无畏风寒，甚至把大衣挂在臂上，备而不用，俨然余温可贾。他见基林没带大衣，便要借衣给基林。基林虽然脸给吹得通红，却表示没有必要。

“已经到了，”基林说着，一面为我们指点，“右手这一座是碧霞祠，上面，便是我们今晚住的神憩宾馆。”

从月观峰过南天门，再踏陡斜的磴道到玉皇顶，不过七百五十二级，可是地藏菩萨在下面扯后腿，凛凛天风在上面呼应，却也脚酸了，到后来，每提一步，就像要跨高高的门槛。回顾来时路，已经半陷在暮霭里，并不觉得自己终于修成了神仙，却需要好好休憩一夜了。

临睡前建辉提醒大家：要看日出，五点正就得起身。

入夜后气温更低，但十点一到，旅馆就把暖气关了，也没有热水可用。我存和幼珊母女平常就惯于早睡，这时也顾不了厚被褥有多阴湿，就专心一志上了床，去追求冷梦了。

我却有些不甘。夜宿泰山，竟然在这高贵的绝顶抛下了一整座空山的仙人与古人、传说与轶事，那许多飞瀑、奔溪、盘道、绝壁，绝壁上危攀不坠的蟠蟠孤松，抛下了满山满谷的顽石、灵石，石上刻画的成语、名句、隆重其词的纪铭，只为了早睡早起，去看一眼未必能睹的日出？

我戴帽披衣，推门而出，把自己交给泰山的春夜。呼喝的天风迫不及待把我接了过去，除此之外，四周的夜色一片岑寂。神憩宾馆前的旗杆上。只有长索在风中拍打着高杆，杆顶的天空飘着阴云，时疏时密，一轮未满的冷月出没其间，半明不昧的有一点诡魅。这才记起今夕何夕，竟是清明之夕。一念既动，又加风紧，徘徊了不久，就回去睡了。

但也睡不了多久，五点不到又再起床。对房的建辉与基林也起来了。大家都在衣橱里找到了那草绿色的军大衣，穿上了身。原来那是旅馆的标准配备，因为山顶比人间总是要低七八度，尤其是十二月到翌年三月，山上的气温恒在零下。现在虽已四月，山顶也只有六度，比下面的泰安市足足低了八度。

众人戎装相对，怪异加上臃肿，互相指笑了一阵。连昨天逞勇的建辉与基林也都武装了起来，足见凌晨的酷寒不可儿戏。更糟的是建辉的苦笑，说外面已下雨了。

果然劲风策细雨而来，凌晨的寒湿里，早有人影走动。不久山脊上的拜日族愈聚愈多，人声呶呶起落，向东边的日观峰蜿蜒而行。天地间唯我们在蠕蠕爬行，只为及时去朝拜东海的日出。天色幽昧，像罩在半球暗紫的大蛋壳之内，苦待太阳的血胎娠满，啄壳而出。

清明节日出，应为五点三刻。才五点半，拱北石四周早攀满了人影，大半是成双或呼群而来，有些登上危岩向东窥望，有些踱来踱去，有些则镁光闪闪，照起相来，但大家心里都在奢望，从茫茫的雨雾深处，从蓬莱仙岛的方向，徐福带六千童男女一去不返的烟波里，比一切传说更古老一切预测更新的，那太阳，照过秦皇与汉武汉光武，照过唐玄宗与清圣祖，还有处处不放过题诗也算是一种不朽吧那乾隆，奢望他此刻能排开一重重传说一页页历史，用他火烫的赤金标枪射我们苦盼的眼瞳，给我们永生。因为人上人下，千古兴亡，此刻正轮到我们在岳顶见证永恒，见证刹那的永恒。因为此刻该我们来小天下。

雨虽停了，天也晓了，却未破晓。暗紫色的诡秘天帷转成了灰蒙蒙的雨云，除了近处的玉皇庙瓦顶俨然还盘踞在天柱峰头，远山深壑都只有迷茫的轮廓，也不闻鸟声、泉声。登泰山而小天下乎？不但看不到日出，也看不见天下，连泰山也几乎看不见了。

“孔夫子的豪语变成了空头支票。”我只能苦笑。

“我以前来过，也没见日出。”基林说。

“我也没见到，”建辉以地主的口气安慰我们，“泰山山高雾重，看日出得碰运气。”

“泰山日出没看成，黄河总看得到吧？”我说。

“那当然，黄河跑不掉的，”建辉笑起来，“最后一天会带你们去看黄河。”

拜日族渐渐散了，我们的五人行也就走回旅馆，准备下山。

基林转头安慰我存与幼珊：“日出虽然没看成，山顶的题字刻石还是值得一看的，尤其是一千两百多年前唐玄宗的《纪泰山铭》，不但碑高、文长，而且书法遒劲，是隶书的珍品。”

我们站在几近四层楼高的《纪泰山铭》下，仰瞻这盛唐盛世的鸿文，直到气促颈酸，有点像蚂蚁读大字典般吃力。严整的成排金字在花岗绝壁上闪着辉煌，说的是开元十四年的事。那一年杜甫才十四岁，杨家的女儿还没有长成，《长恨歌》的作者还没有生呢，谁料到渔阳的鼙鼓会动地而来？

我把这感想告诉基林与建辉。

“渔阳鼙鼓还早着呢，那时唐朝还稳如泰山！”建辉说得大家都笑了。

“这满山的碑文、对联、题字，多得像一本字典，简直读得人眼花缭乱——”我存叹道。

“可是乾隆皇帝还没题过瘾呢，”我说，“你要是看到有趣的，怕记不住，就拍下来呀。”

“刚才经过的一块大石头，刻了‘丈人峰’三个字，好像跟泰山有关系的，”幼珊说，“可是记不得了。”

“好像跟唐玄宗也有关系。”基林说。

“不错，是有关系，”我说着，取出袋里的一本泰山手册，翻了一下，“典出《酉阳杂俎》，说是开元十三年，也就是《纪泰山铭》的前一年，玄宗封禅泰山，把三品以下的官都升了一级。封禅使张说却把自己的女婿（郑镒）从九品径升到五品。玄宗见郑镒穿了大红官服，趾高气扬，怪而问之。郑镒答不出来。伶人黄幡绰在旁代答说：‘此泰山之力也。’其实伶人所指是郑的岳父张说。后人称岳父、岳母为泰山、泰水，或即由此而来。至于岳父之称，也是由于泰山乃五岳之尊。当时这位封禅使张说能诗擅文，是中宗、睿宗、玄宗的三朝贤臣；玄宗封禅泰山，就是纳张说的倡议，《封禅坛颂》，刻于泰山，也就是我们头顶这篇《纪泰山铭》的鸿文了。”

青铜一梦

济南的“济”不能读“祭”，要读“挤”，当地人都是这么读的。城在济水之南，故名济南。济水的“济”应读上声，和“济济多士”一样。济南有千佛山，古称历山，所以济南又称历城，或是历下。同时济南多泉，包括趵突泉、珍珠泉、黑虎泉等，共有七十二处，因此又号泉城。

也因此，一九九八年七月济南在市中心开辟了一个多元用途的大广场，就命名为泉城广场，而且施工神速，翌年十月就完工了。广场东西长七百八十米，南北宽三百二十米，占地二百五十亩，隔着泺源大街可以远眺背负南天的历山，气象恢弘；站在三十八米高的泉标之下，似乎可以感到山东的脉搏。那泉标的造型由三股清泉从地下喷薄而出，把一个滚圆的银球，若即若离，像一颗飞溅的水珠捧在掌中，其状隐隐含着古汉字“泉”的篆体变形。

广场的东端有不锈钢塑成的十二瓣巨型荷花，瓣尖翘起，妩媚中含有活力，灯亮时一片红艳，溅出音乐喷泉。荷池与泉标遥相呼应，印证了济南处处涌泉，满湖荷香，以泉育荷的生机活力。

以荷池为心画一个大圆，有实有虚，东边的一百五十度长弧就落实在庄严的文化长廊。这三十六根石柱擎举的气象，长一百五十米，宽十六米，坐东朝西，是我在山东所见最有深意最为动人的现代建筑。三层楼高的空阔廊道上，每隔十米供着一尊山东圣贤的青铜塑像，连像座有二人之高。十二尊塑像由南而北，依年代的顺序排列。

第一位是大舜。像座上刻的金字说明是：“（约前二千年前）龙山文化时代华夏之王虞舜，生于诸冯（诸城），耕于历山（济南），渔于雷泽（菏泽），经万民拥戴，尧禅予王位。”大舜的铜像袍带简朴，只有头上戴着无旒之冕，算是延冠吧。司马迁听人说舜目重瞳，项羽亦然。铜像太高，面影深褐，我无法逼近细看，不知道雕塑家有没有刻意加工。古代圣王之中，虽然尧舜并称，最动诗人遐想的还是舜，只因传说“舜南巡，葬于苍梧，尧二女娥皇女英泪下沾竹，文悉为之斑”，所以湖南的斑竹又名湘妃竹。这美丽的爱情感动了无数诗人，虽是传说，却宁信其有。前年我在湖南，李元洛、水运宪导游君山，曾见此竹，确有斑痕，但枝瘦叶少，并不怎么美，据说是多情游客，好事攀折的结果。尽管如此，一点点的传说总能激动整个民族绵绵的诗情。也难怪杜甫在长安登塔，竟然向千里之外“回首叫虞舜，苍梧云正愁”，而李白在洞庭的船上要叹“日落长沙秋色远，不知何处吊湘君”。中国的千江万河，有哪条比潇湘更动人愁情呢？李群玉句“犹似含颦望巡狩，九疑如黛隔湘川”，说的正是舜葬之地。四千年前的淹远圣王，身后还长享如此的风流余韵，真是可羡。

下一位我以为是孔子了，却是管仲。应当如此，管仲是兴齐之能臣，桓公能成就春秋的霸业，全赖管仲。其人是一位务实的政治家，“以区区之齐，通货积财，与俗同好恶”：用现代的说法，就是“发展经济，顺应民心”。《管子》一书的名言“仓廪实而知礼节，衣食足而知荣辱”，强调的正是民生重于意识形态，也就是“先专后红”，应为今日大陆的“硬道理”吧。

像座上如此简介管仲：“（前六四五年卒）名夷吾，字仲，春秋初期政治家，在齐国推行新政，帮助齐桓公成为春秋时代第一个霸王。”

第三位才是孔丘，像赞曰：“（前五五一年至前四七九年）字仲尼，鲁国（今曲阜）人，伟大的思想家、教育家、政治家，儒家的创始者，被尊为‘至圣先师’。”孔子比管仲晚生了一个多世纪，但说过一句名言，盛赞管仲：“微管仲，吾其披发左衽矣！”想起这句话，我不禁一瞥孔子，衣襟当然还是向右遮盖的。其实长廊上的十二尊人物，包括李清照，衣襟全都右衽。夫子绝未料到，两千多年后的子孙已经无所谓左衽或右衽，而是学了“西夷”，对襟中衽了。

仲尼对于仲父（桓公尊称管仲）的评价，有褒有贬。子路与子贡责备管仲未能为公子纠死节，孔子却为之辩护，说“管子相桓公，霸诸侯，一匡天下，民到于今受其赐”，乃是大仁，原就不必像匹夫匹妇一般拘于小信。但另有一次孔子又指出管仲器识太小，不知节俭，也不知礼。等于说管仲造福人民，却疏于修身，立功有之，未见立德。

至于孔子的相貌，郑人曾对子贡如此形容：“其颡似尧，其项类皋陶，其肩类子产，然自腰以下，不及禹三寸，累累若丧家之狗。”事见《史记》的《孔子世家》，实在有点不伦不类，而且隔了千年，谁又见过尧和皋陶呢？我在夫子像下仰瞻低徊，想起他不但在世时不能推行仁政，即殁后两千多年，还要遭“文革”批判。我来山东，已经距“文革”三十年，但参观古迹，仍处处见到碑石残缺，甚至断而再接，浩劫的暴力，犹令人心悸。当时天下滔滔，造反有理，谁敢把中华文化的这尊泰山拱在这广场上呢？

紧接孔子之后的是孙武，像赞是“（约前五〇六年）字长卿，齐国人，春秋末期兵家，著有《孙子兵法》，为古代中国最杰出的兵书，影响于后代及全世界”。他与孔子同时，曾佐吴王阖闾破楚，所以有吴孙武之称。其实他和孙儿孙膑，另一位著名兵家，都是山东人。铜像目光冷峻，神情威严，似乎正在运筹帷幄，决胜于千里之外。幸好是千里之外，也许是隔江在遥窥楚阵吧，所以竟未察觉我这名间谍正在他脚下近窥，窥探他左腰佩着宝剑，而右手却握着一捆竹简，想必就是《孙子兵法》吧？铜像褐影深沉，兵书却金光闪亮，可见游客都和我一般摩挲，恨不得偷窥十三篇里的机密军情。

不同于孔丘与孙武，下一尊铜像塑的是赶路而来的墨翟，摩顶放踵，为了救一座危城，也许已赶了三天三夜的急路，还有漫漫的长途待赶。像座上是这么两行：“（约前四六八年至前三七六年）鲁国人，春秋战国之际思想家、政治家，墨家创始者，有《墨子》传世。”

墨翟反对儒家的天命观念，乃倡非命；又反对儒家的礼乐教化与缙绅身份，乃倡非乐、节用、节葬；同时针对儒家的爱有亲疏、诸侯的杀戮无度，更强调兼爱与非攻。但是他太强调克制与苦修了，竟然要求从者对待音乐要不唱不听，而对待丧事不得衣衾入殓，庄子也说他不近人情。

不过墨翟这种淑世利人的大爱，还是很高贵的。且看像座上匆匆赶路的这辛苦老者，他不像管仲、孔丘那样长绅垂腰，也不像其他的铜像那样长袍覆履。看他，短褐紧衿，头上无冠，足下草鞋，左脚刚刚跨出，右脚就要跟进，背着布袋与斗笠，风尘仆仆，只为了赶去远方解围或助守。春秋乱世的野路上，席不暇暖的岂独是孔夫子呢。不久草鞋破了，脚底伤了，他就得撕衣裹足，再上征途。

墨翟后面紧接着孟轲，墨死之年孟已四岁，墨生之年，孔子才去世十一年。墨子一生正好介于至圣与亚圣之间，也可见他有多长寿。他辛苦了一辈子，竟然活到九十二岁，不知道是否因为多用体力而生活单纯，且又克制感情，不妄动怒？

孟子同样得享高龄，同样不畏劳苦与挫折，因为他怀抱了至高的使命感。他立足的像台上刻着：“（约前三七二年至前二八九年）名轲，字子舆，邹（今邹县）人，战国时期思想家、政治家、教育家，儒家尊为‘亚圣’，著有《孟子》。”亚圣之可贵，是在孔子的仁后再加上义，强调义无反顾，又强调个人的自信与自尊，认为“万物皆备于我”“圣人与我同类”“当今之世，舍我其谁也？”认为浩然之气“至大至刚，塞于天地之间”，认为“富贵不能淫，贫贱不能移，威武不能屈：此之谓大丈夫”。孟子真是儒之勇者，无怪下笔浩气淋漓，可惜这种气象雕塑家实在难用青铜来展现。

孟子之后四百七十年而生诸葛亮，像台上是这么赞的：“（一八一年至二三四年）字孔明，琅邪阳都（今沂南）人，三国蜀汉政治家、军事家。”诸葛亮是家喻户晓的传奇人物，美名昭昭辉映在青史，锦囊妙计的军师形象却神出鬼没于稗官野史。俗话说得好：“三个臭皮匠，胜过一个诸葛亮。”可见有多么深入人心。不过在众人的印象里，他却是南阳人，也就是湖北襄阳人，迄今襄阳的南郊还保存了他隆中的故居。这印象是诸葛亮自己留下的，《出师表》里就说得很明白："臣本布衣，躬耕南阳。"也难怪刘禹锡会在《陋室铭》里提到"南阳诸葛庐，西蜀子云亭"。原本诸葛亮早孤，由叔父诸葛玄照顾，叔父在袁术手下做官，所以把他带去了南阳。

孔明隐居在隆中时，常自比于管仲、乐毅。他如果知道，有一天自己的铜像会和管仲的并列在这轩敞的名贤堂上，供齐鲁的子孙，供全世界的游客同来瞻仰，一定会十分快慰吧。

其实并列之荣，未必是孔明沾管仲的光。毋宁，我更爱的是孔明。首言立功，则管仲相齐，成就了桓公的霸业，孔明相蜀，不但北伐无功，甚至未能挽救亡国的命运，可是管仲命好，既有鲍叔力荐于前，又有桓公倚重于后，明君贤臣相得达四十年之久，而且君比臣寿，还晚死两年。反观孔明，虽然也有徐庶美言，刘备推心，君臣的缘分只得十六年，而先帝托付给他的是这么一个扶不起的阿斗。次言立德，则管仲虽然造福了国家，操守似乎还有争议。孔子就指责他不俭而又失礼，因为他有三个公馆，而屏风与酒台的设备也僭用了国君的排场。这当然都不是什么大过，但比起孔明的鞠躬尽瘁，累死军旅，且又一生清廉，随身衣食，悉仰于官，自谓死日内无余帛，外无赢财，比起这样高贵的人格来，还是不及。再言立言，《管子》一书自有其贡献，但内容庞杂，又疑伪托。《诸葛氏集》惜已失传，但是《出师表》前后两篇虽无意藻饰文采，而字里行间自然流露的对先帝的感念，对国家的忠诚，拳拳耿耿，自古至今不知感动了多少读者。孔明在文末终于悲从中来，坦言“临表涕泣，不知所云”。普天下的读书人，读到此处，又有谁不是临表涕泣呢？而最可悲的却是：最该感动的一个人，当初受表的那位昏君，竟然没有真正感动，真正彻悟。

《三国演义》我只在读中学时念过一遍，但那些英雄豪杰我一直记得，非大江滔滔所能淘尽。而最难忘的就是孔明，在罗贯中的章回里我看见的是一位隐士、一位贤臣、一位智者，能舌战群儒，一位神机妙算的军师，能辅佐明主，指挥骁将，必要时更能设计木牛流马，甚至呼风唤雨，撒豆成兵。在我小时，哪一个男孩不敬佩、敬爱这位神人呢？《三国志》里的诸葛亮则纯然是一个历史人物，过于简洁，只能远观正面。真正的诸葛亮，为了报答先主，复兴汉室，不惜食少事繁，肝脑涂地，以身相殉，这种宏美崇高的人格，只有在《出师表》里，用他自己真情实感的声音，才能呈现。每次我重读此文，都不禁“临表”泪下。也难怪陆游要赞叹：“出师一表真名世，千载谁堪伯仲间？”而杜甫更仰之弥高，奉为“万古云霄一羽毛”。

抬头再望那尊铜像，似乎有灵附体，正戴着青丝编织的纶巾，右手握着羽扇，果真是风神俊朗，指挥若定，只是左手深藏在袖里，恐怕是在掏锦囊妙计吧?

再下一位是王羲之。印象中他似乎是浙江人，因为他那篇《兰亭集序》太有名了，而那次盛会是在山阴，毕竟他是东晋南渡的人物。其实他也是孔明的同乡，像座上这么刻着："（约三二一年至三七九年）字逸少，琅邪临沂人，东晋书法家，其《兰亭集序》《十七帖》等书迹刻本甚多，人称'书圣'。"他写的这篇《兰亭集序》不但是散文小品的杰作，传诵至今，而且当时曲水流觞，微醺运笔，逸兴淋漓，若有神助，那书法更是遒媚潇洒，有"天下第一行书"之誉，传阅至今。更神秘的是，初唐以来，就再也无人亲睹过真迹。原来唐太宗探悉原帖落在辨才和尚手里，就派萧翼骗取过来，复命赵模、冯承素等钩摹数本，分赐亲贵近臣。至于真迹呢，对不起，舍不得任它流落世间，据说就随太宗殉葬，入了昭陵。所以此帖还不能说是"传阅"至今，只能算是"传闻"罢了。真迹既随作者作古，杳不可即，自然更加名贵，"书圣"似乎变成了"书神"。

就这么，一千六百多年前的一场盛会，任右军的右腕恣意运转，顷刻竟成了永恒。想当日在山阴，良辰美景，群彦咸集，当真是四美齐具，二难并兼，正在仰观宇宙之大，俯察品类之盛，敏感的王羲之，乐极生悲，却痛惜生命之短，"临文嗟悼，不能喻之于怀。"而我们这些廊上过客，也正是王羲之序末所期待的“后之览者”，岂能无戚于斯情、斯文？

眼前的铜像宽袂长带，临风飘然，是永和九年水上吹来的惠风吗？书圣举着右手，五指似握笔之状，头则向左微昂，不知是在仰观宇宙，还是想起了晚餐有肥鹅。其实雕塑家何不让饕餮客抱一只鹅呢？

十米之外，另一尊铜像倒没有空着手，而是右掌托穗，左手握稭，正捧着一把丰年的稻米。黑底金字的像座告诉我们：“贾思勰（约五四〇年）益都（今寿光）人，农学家，著有《齐民要术》，而知名于后世。”

真是惭愧，这名字我从未见过，不过倒很配一位农业家，因为他一再把“田”放在心上，又再三在“田”边出“力”。我存和幼珊也走过来看他手里捧的是什么，又看像座上的说明。建辉和太太周晖倒是知道一些，你一句、我一句，就拼出一张简图来。

“他做过高阳郡的太守，当然是咱山东人。”建辉说。

“那《齐民要术》讲些什么呢？”我存问。

“主要是记载黄河流域的农作物啦、蔬菜啦、瓜果啦，该怎么栽培，家畜、家禽该怎么饲养之类。”周晖说。

“还有农作物如何轮栽，果树如何接枝，树苗如何繁殖。”建辉也不甘示弱。

“还有呢，”周晖笑起来，“家禽、家畜要怎么阉割，怎么养肥。”

大家都笑了。.

在第十尊铜像前，大家不约而同都聚立下来。终于看到了有一尊没有髭须，非但无须，还绰约而高雅，眼神多么深婉啊，唇边还带些笑意。

“是李清照！”幼珊惊喜地低呼。

当然是她了，非她不可。山东的名人堂上，难道全要供圣贤豪杰吗？胡子太多了吧？没有李清照，这一排青铜的硬汉也未免太寂寞了吧，尽管她自己，“独自怎生得黑”，却是古中国最寂寞的芳心，那些清词丽句，千载之下哪一个硬汉读了不伤心啊？

她的像塑得极好，头梳发髻，微微偏右，像凝神在想着什么，或听到了什么。立得如此婷婷，正所谓硕人其颀，左手贴在腰后，右手却当胸用拇指和食指拈着一朵纤纤细花。铜色深沉，看不真切究竟是什么芳籍，却令人想起“帘卷西风，人比黄花瘦”，该是菊吧。其实，管它是什么花，都一样寂寞啊，你不曾听她说吗，“一枝折得，天上人间，没个人堪寄。”

我在像前流连很久，心底宛转低徊的都是她美丽而哀愁的音韵。如此的锦心如此的绣笔，如此的身世如此的晚境。我在高雄的新居“左岸”，就在明诚路旁，不由得不时常想起她在《金石录后序》中所记，和赵明诚剪烛共读的幸福早年。

李清照之美是复合的，应该在她的婵娟上再加天赋与深情，融成一种整体的气质与风韵。北国女儿而有此江南的灵秀敏感，正如大明湖镜光里依依的垂柳迎风曳翠，撩人心魂也不输白堤、苏堤。也就难怪济南人要将自己的绝代才女封为藕神，供她于湖边的祠龛。而她在《漱玉词》中，早年咏藕也常见佳句，就像“兴尽晚回舟，误入藕花深处。争渡，争渡，惊起一滩鸥鹭。”又像“翠贴莲蓬小，金销藕叶稀”，都写藕有神。

李清照能供于眼前这文化长廊，而另一位宋词大家，同样是济南人，却因“名额有限”又要顾及“性别分配”，而不能入列，真令我为辛弃疾叫屈。《稼轩词》的成就绝对不下于《漱玉词》，辛弃疾要入廊，谁也不会反对。不过他对这位词坛前辈由衷佩服，所以叫幼安让给易安，也只得认了。

李清照的像赞是：“（一〇八四年至一一五一年）号易安居士，济南人，南宋女词人，著有《漱玉词》，传播中外。”其实末四字并无必要，李清照非常中国，也非常女性，外国人尤其是西方人，怎么能深切体会“轻解罗裳，独上兰舟”，或是“春归秣陵树，人老建康城”呢？

下一位山东人杰同样令我心血来潮，不能自已。但他和李清照刚柔互异，身份完全不同：李清照去南方是做避乱的难民，他去南方却是做平乱的将军。他，正是民族英雄戚继光。铜像目带威棱，似乎仍在巡边，戴盔披甲，右手扶腰，左手按剑，在十二人中是唯一戎装的武将，但加上孙武与诸葛亮，就有了三大兵家，因为戚继光有中国儒将之风，除了战功赫赫，还遗下论兵的著作。他脚下的座石这样为他定位：“（一五二八年至一五八七年）字元敬，登州（今蓬莱）人，明抗倭名将，军事家，经多年奋战，解除东南倭患，著有《纪效新书》。”

登州就在山东半岛的北端，与辽东半岛隔海相望。戚继光生在海边，又是将门之后，对倭患的切身感受，正如抗倭前辈、也是出生在沿海的晋江人俞大猷。明朝两大抗倭名将都来自倭寇肆虐的沿海，绝非偶然。从十四世纪到十六世纪中叶，倭寇侵犯中国海岸，北起辽东半岛的金州，南迄广东，范围很广，戚继光的家乡也曾被波及。最猖獗的几年是在一五五三年前后，军民遭害达数十万人。幸有戚继光在义乌招募农民、矿工，编练成军，并与谭纶、俞大猷合力清剿，才渐将倭患平定。

小时我在上海，吃过一种“光饼”，圆形有孔，味道甜津津的。母亲说是戚继光行军的干粮，中间的洞孔可以穿线，挂在身上，方便随时进食，后人怀念他的功劳，就叫它做“光饼”。所以戚继光的名字，从小就深印吾心，母亲这句话，也牢记到老。一个民族往往在正史之外，借一些风俗习惯或市井传闻来感念他们的英雄，就算传闻不实，那份深情总是真的。例如端午之于屈原，不管龙舟和粽子是否为了救他，总是对他悲剧的同情、人格的向往。历史的遗憾只好用诗来补偿。

我抬头再看戚继光，心底喊一声：“将军您辛苦了！”四百年后再回顾，抗倭的他可称最早的抗日英雄。他怎么会料到，四百年后敌人又来了，这一次不是倭寇了，换了正规的关东军，也不再满足于沿海掠劫，而是深入内陆，意在占领，军靴、马蹄、履带，践踏的正是戚继光、俞大猷的故乡。一次大战期间，他们公然夺去了胶济铁路。一九二八年，太阳旗遮暗了济南，五卅惨案，遭害的济南人多以千计，广义说来，岂非倭寇的后人屠杀了戚继光的子孙，也正是从大舜到蒲松龄，廊上十二尊铜像的子孙？

这还不包括后来的抗战，死难的华嗣夏裔更百倍于晚明。浩劫迄今，早过了半个世纪，东洋小学生的教科书里，毁尸灭迹，仍然找不到一点血印，嗅不到半星灰烬，谎话传了好几代人。四百年后，戚将军啊，我们更深长地怀念着您！

终于走到最后的铜像前了。像是个三家村的塾师，面容清苦，额多皱纹，神色却闲适而带着笑意，像是又想到一个好故事了，嗯，不妨一写，于是以指捻须，仔细琢磨起来。再一看时，咦，脚底还蜷伏着一头金狐狸。那还有谁，不就是蒲松龄吗？踏脚的像座上说：“（一六四〇年至一七一五年）字留仙，号柳泉居士，淄川（今淄博）人，文学家，其

《聊斋志异》为杰出的短篇小说集。”

这才发现，他脚旁匍偎的不是金狐狸，而是因为它娇巧可怜，游客们不断爱抚，铜锈磨光了的结果。管它是狐仙还是女鬼呢，多半不会害人的。假如你是夜深苦读的单身寒士，烛光昏沉，忽然有一位绝色佳人赫现在你疲倦的眼前，粲然一笑，解尽你长年的寂寞，从此得妻、生子、科场顺利——还有什么比这无中生有的艳遇更省事更理想的么？书中自有俏女鬼，开卷匆来狐美人。可怜的儒生寒士，半生读圣贤书，苦闷不得纾解，礼教的社会又不容你放肆，孤寒之夜，难免不一念入绮。这就是《聊斋》的潜意识出口，西方不也有浮士德心动而魔鬼出现么？

《聊斋》的故事题材十分广阔，展现的众生相颇富民俗趣味，而生动的想象又深入狐鬼仙魅，能以同情赋幽冥的异物以人性，乃能在《三国》《水浒》甚至《红楼》之外为中国小说探得新境，自成一家。中国文学自《楚辞》以来就有这超现实的一支传统，我觉得蒲松龄颇似李贺的隔代遗传，没有长吉的贵族气与精致雕琢，比较世俗、流畅。

蒲松龄一生贫苦，只教私塾，到七十一岁才举贡生。著述虽有《聊斋诗集》《聊斋文集》多种，却不如《聊斋志异》一书风行传后，声名响亮，盖过了所有的进士，甚至也高过赏识他的施润章、王士祯。我读《聊斋志异》是在中学时代，因为二舅舅藏书甚多，有整部插图的线装本，任我翻阅。那曲折的故事、雅洁的文言，加上引人想入非非的工笔插图，在没有电视也难见电影的蜀山之中，该是一个男孩最有趣的读物，难怪我就变成狐迷了。

幼珊也走过来，和我一人握一只狐狸耳朵，由我存照了一张相。周晖、基林看得有趣，在一旁笑起来，也一同入了照片。那天晚上，狐狸倒没有来找我，若非因蒲翁喝止，便是因我这书生太老了。

一百五十米的弧形长廊供着这十二尊铜像，顽铜何幸，这些伟大的、睿智的、威武的、多情的魂魄竟然来附身，而令这一簇灿亮的美名化成了栩栩然俨然的形相来默化我们，引我们见贤思齐，取法乎上。于是这神圣的长廊无限伸展，与四千载的历史悠悠的华夏光阴等长。青铜不语，而我却领悟了很多。

十二位人杰里，至少有一位圣君、三位哲人、三位兵家、五位政治家、两位教育家、两位作家、一位艺术家、一位农业家。加起来不止十二位，因为有好几位具多重身份，含各色光谱。这些人合起来可成就一个泱泱大国而绰绰有余。山东人自豪于“一山一水一圣人”，这壮语，金底黑字就赫然烙在山东大学赠我的纪念立牌上。山是泰山，水是黄河，而圣人又何止出了一位?

十二人里，好几位的事功都不是一山一水能限量。孔子的文范、孙武的武典，全世界都受启迪。大舜南巡而葬于苍梧，孙武仕吴，诸葛相蜀，王羲之挥毫于山阴，李清照苦吟于江南，戚继光更南靖倭患，北镇蓟州。不仅山东人以他们为傲，所有的中国人都以他们为荣。

我希望各省都能建自己的文化厅堂。

黄河一掬

厢型车终于在大坝上停定，大家陆续跳下车来。还未及看清河水的流势，脸上匆感微微刺麻，风沙早已刷过来了。没遮没拦的长风挟着细沙，像一阵小规模的沙尘暴，在华北大平原上卷地刮来，不冷，但是挺欺负人，使胸臆发紧。我存和幼珊都把自己裹得密密实实，火红的风衣牵动了荒旷的河景。我也戴着扁呢帽，把绒袄的拉链直拉到喉核。一行八九个人，跟着永波、建辉、周晖，向大坝下面的河岸走去。

这是临别济南的前一天上午，山东大学安排带我们来看黄河。车沿着二环东路一直驶来，做主人的见我神情热切，问题不绝，不愿扫客人的兴，也不想纵容我期待太奢，只平实地回答，最后补了一句："水色有点浑，水势倒还不小。不过去年断流了一百多天，不会太壮观。"

这些话我也听说过，心里已有准备。现在当场便见分晓，再提警告，就像孩子回家，已到门口，却听邻人说，这些年你妈妈病了，瘦了，几乎要认不得了，总还是难受的。

天高地迥，河景完全敞开，平面就延伸得倍加敻远，似乎再也勾不到边。昊天和洪水的接缝处，一线苍苍像是麦田，后面像是新造的白杨树林。此外，除了漠漠的天穹，下面是无边无际无可奈何的低调土黄，河水是土黄里带一点赭，调得不很匀称，沙地是稻草黄带一点灰，泥多则暗，沙多则浅，上面是浅黄或发白的枯草。

“河面怎么不很规则？”我转问建辉。

“黄河从西边来，”建辉说，“到这里朝北一个大转弯。”

这才看出，黄浪滔滔，远来的这条浑龙一扭腰身，转出了一个大锐角，对岸变成了一个半岛，岛尖正对着我们。回头再望此岸的堤坝，已经落在远处，像瓦灰色的一长段城垣。更远处，在对岸的一线青意后面，隆起一脉山影，状如压瘪了的英文大写字母M，又像半浮在水面的象背。那形状我一眼就认出来了，无须向陪我的主人求证。我指给我存看。

“你确定是鹊山吗？”我存将信将疑。

“当然是的，”我笑道，“正是赵孟頫的名画《鹊华秋色》里，左边的那座鹊山。曾繁仁校长带我们去淄博，出济南不久，高速公路右边先出现华山，尖得像一座翠绿的金字塔，接着再出现的就是鹊山。一刚一柔，无端端在平地耸起，令人难忘。从淄博回来，又出现在左边，可惜不能停下来细看。”

周晖走过来，证实了我的指认。

“徐志摩那年空难，”我又说，“飞机叫济南号，果然在济南附近出事，太巧合了。不过撞的不是泰山，是开山，在党家庄。你们知道在哪里吗？”

“我倒不清楚。”建辉说。

我指着远处的鹊山说：“就在鹊山的背后。”又回头对建辉说：“这里离河水还是太远，再走近些好吗？我想摸一下河水。”

于是永波和建辉领路，沿着一大片麦苗田，带着众人在泥泞的窄埂上，一脚高一脚低，向最低的近水处走去。终于够低了，也够近了。但沙泥也更湿软，我虚踩在浮土和枯草上，就探身要去摸水，大家在背后叫小心。岌岌加上翼翼，我的手终于半伸进黄河。

一刹那，我的热血触到了黄河的体温，凉凉的，令人兴奋。古老的黄河，从史前的洪荒里已经失踪的星宿海里四千六百里，绕河套、撞龙门、过英雄进进出出的潼关一路朝山东奔来，从斛律金的牧歌李白的乐府里日夜流来，你饮过多少英雄的血难民的泪，改过多少次道啊发过多少次泛滥，二十四史，哪一页没有你浊浪的回声？几曾见天下太平啊让河水终于澄清？流到我手边你已经奔波了几亿年了，那么长的生命我不过触到你一息的脉搏。无论我握得有多紧你都会从我的拳里挣脱。就算如此吧，这一瞬我已经等了七十几年了，绝对值得。不到黄河心不死，到了黄河又如何？又如何呢？至少我指隙曾流过黄河。

至少我已经拜过了黄河，黄河也终于亲认过我。在诗里文里我高呼低唤它不知多少遍，在山大演讲时我朗诵那首《民歌》，等到第二遍五百听众就齐声来和我：

传说北方有一首民歌
只有黄河的肺活量能歌唱
从青海到黄海
风　也听见
沙　也听见

我高呼一声“风”，五百张口的肺活量忽然爆发，合力应一声“也听见”。我再呼“沙”，五百管喉再合应一声“也听见”。全场就在热血的呼应中结束。

华夏子孙对黄河的感情，正如胎记一般的不可磨灭。流沙河写信告诉我，他坐火车过黄河读我的《黄河》一诗，十分感动，奇怪我没见过黄河怎么写得出来。其实这是胎里带来的，从《诗经》到刘鹗，哪一句不是黄河奶出来的？黄河断流，就等于中国断奶。山大副校长徐显明在席间痛陈国情，说他每次过黄河大桥都不禁要流泪。这话简直有《世说新语》的慷慨，我完全懂得。龚自珍《己亥杂诗》不也说过么：

亦是今生未曾有
满襟清泪渡黄河

他的情人灵箫怕龚自珍耽于儿女情长，甚至用黄河来激励须眉：

为恐刘郎英气尽
卷帘梳洗望黄河

想到这里，我从衣袋里掏出一张自己的名片，对着滚滚东去的黄河低头默祷了一阵，右手一扬，雪白的名片一番飘舞，就被起伏的浪头接去了。大家齐望着我，似乎不觉得这僭妄的一投有何不妥，反而纵容地赞许笑呼。我存和幼珊也相继来水边探求黄河的浸礼。看到女儿认真地伸手入河，想起她那么大了做爸爸的才有机会带她来认河，想当年做爸爸的告别这一片后土只有她今日一半的年纪，我的眼睛就湿了。

回到车上，大家忙着拭去鞋底的湿泥。我默默，只觉得不忍。翌晨山大的友人去机场送别，我就穿着泥鞋登机。回到高雄，我才把干土刮尽，珍藏在一只名片盒里。从此每到深夜，书房里就传出隐隐的水声。

附注：本文发表后，泰山医学院的语文教师刘桂传先生在福州《台港文学选刊》二〇〇二年四月号指出：古时登泰山，原循东、中、西三谷。后来东谷因地偏不便被弃，只留下中路与西路，本地人乃呼中路为东路。姚夫子登山，其实是走中路，正是今日一般游客所循。

八闽归人

——回乡十日记

自从两岸开放以来，我曾两次越过海峡，但是都到厦门为止，未能深入福建。今年九月，幸得福建省文联相邀，乃有十天的八闽之行，始于福州，更历武夷山、泉州市，终于寻根回到阔别六十八年的祖籍永春，最后再由厦门返航。

飞抵榕城，正是中秋前夕。次夕月光圆满，在城东鼓山顶上有一个赏月盛会，朗诵或演唱的都是我历年所写的咏月之作，也免不了包括《乡愁》等诗。我自己也吟了苏轼的《水调歌头》。在福州四天，活动繁多，除了瞻仰林则徐、严复、林纾、冰心的纪念馆，并在福建师大演讲之外，更有一整天的“余光中诗歌研讨会”。与会的海内外诗人、学人包括刘登翰、杨际岚、孙绍振、陈仲义、李元洛、古远清、黄曼君、朱双一、徐学、林承璜、姜耕玉、冯亦同、江弱水、江少川、王性初、王勇、黄晓峰、戴冠青、范宝慈、庄伟杰、钱虹、郭虹、傅天虹等多人。最令我感动的是，年逾八旬的前辈诗翁蔡其矫竟也到场发言。

武夷山的两天，气温仍高，不免有损仙气，却无碍文友们的豪气。第一天上午，众人从大斧劈皴法的晒布岩脚底，瞻上顾下、左避右闪，委委曲曲蹑过了一隙石缝，重回天光，更步步为营，一级级向天游峰顶仰攀上去。虽云只有八百八十八级，但山灵扯后腿的后劲越来越沉，就算英雄也不免气短。路回峰转，风景渐渐匍匐在脚下，回首惊艳，九曲溪水那么娴静地在谷底流过，像万山私隐的纯蓝色午梦泄漏了一截，竟然被凡眼偷窥。

当天下午转劳为逸，苦尽甘来。碗口粗细的长筒巨竹，两头烤弯，十六根并排扎成的竹筏，绑着三排六个座位，前后都有船夫或船娘撑篙。我们乘筏从九曲到二曲顺流而下，让一溪清浅用涟漪的笑靥推托着，看雄奇而高傲的山颜石貌一路将筏客迎了又送。经过上午的苦练，益显得下午的逍遥。山不转，水转。水真是智者，人随着水转。人转时，峰头起伏也跟着转了。所以说，万静不如一动。

泉州之旅不足一天，活动更是紧凑。抵埠已是半下午，只能去开元寺忙中偷闲，放缓脚步，跨过唐代高高的门槛，去菩提与老桑的密叶绿阴下，对着地震不塌的石塔悠然怀古。当晚在泉州音乐厅举行“余光中诗歌作品朗诵会”，除了我的诗从早年的《扬子江船夫曲》到最近的《粥颂》有十五首外，更包括南音与高甲戏。《乡愁四韵》一首用闽南腔吟唱，尤能贯串古今。

次晨在华侨大学演讲《中文与英文》，接着车队就向西北进发，驶上最后的一程：寻根之旅。不到一百公里的归途，路面虽然宽坦，心境却多起伏。在记忆幼稚的深处，久蛰的孺慕与乡情，蠢蠢然似在蠕动。“头白东坡海外归”，东坡何曾归得了眉山？我又何幸，在“三反”“五反”之后，“文革”的大难之余，竟然有满车知音从福州一路伴我回头，只为了溯源而上，溯晋江的东溪而上，一窥究竟是怎样的一座山县，怎样的灵山秀水，默化出他们青睐的诗人。

轮下所历，多为南安县境，地势渐高，所经多石矿与窑厂。一过诗山，便近永春县界了。镇名诗山，应为吉兆。永春县城在县境的东南，桃溪从青山簇里蜿蜒东来，将县城分为两岸，北岸人烟稠密，是辐辏的市区。迎面而来的先是彩色的三角旗成排成串，继有布条从高楼垂向街面，热情的标语欢迎永春之子迢迢归来。人潮渐密，车速减缓，终于停下。一出车立刻陷入乡亲的重围，绽笑的脸全向着我们，像满田盛开的葵花，远者挥手，近者一拥而上，或来握手，或来挽臂，语声鼎沸，有的呼叔公，有的叫叔叔，有的叫“光中舅”。有资格直呼我名的，想来都不在了。

人群稍稍让开，容我们——我们夫妻、傅孟丽、同来的作家们，从福州一路相伴包括章绍同、朱明元、杨际岚、郭平等，还有报纸与电视的记者们——容我们过桥入城。这才发现还有刚放午学的小学生，列队两侧，吹号打鼓，并间歇地齐呼“欢迎，欢迎，热烈欢迎！”队伍很长，像有两百人的样子。看到汗珠子在他们额上闪光，我一面感动，一面又十分疼惜、歉疚，觉得至少应该早点抵达，免得这许多小脸暴于犹烈的秋阳。

入城式的兴奋退潮后，我从侨联大厦的高窗俯瞰这古称桃源的县城。我的父亲生在永春，曾去马来的麻埠办过小学，后来回乡，先是担任永春的教育局长，继又担任安溪县长。在他教育局长任内，县里来了一位远客，令他注目。他看到的是一个江南女子，吴腔昵昵，刚由常州的师范学校毕业，千里迢迢，分发到这闽南腹地的陌生山城，来教八音咿呦而不懂普通话更别提什么吴语的村童。我不能想象教育局长跟新来的外省教师该怎么交谈，一定是误会连连傻笑不已吧。不过有情人总会传情的。鸡同鸭讲的情人总之结了婚，而且生下了我，不在这磊磊山县，而在繁华的石头城。

在我七岁时，他们曾经带我回来永春，住了半年。记忆中的故乡经过六十多年的侵蚀，早已暧暧然呈星云状态，只剩几个停格，根本说不上倒带，在记者们不断的盘问下，也供不出多少蛛丝马迹。总之我穷思苦忆所得，或是此行近乡情怯所盼的永春，都远远不如此刻在窗口所见的新城这么高、这么生动而亮丽，街道宽阔而平直，楼屋大方而整洁。桃溪在现代工程的云龙桥下向东南流去，对岸的中国电信大厦，矗立二十层楼高，白壁交映着一排排绿窗，那气派哪像小县城？我原以为会重温褪色的黑白照片，此刻照眼的却是对准焦点的七彩分虹。

第二天上午车队迤逦，由县城向北出发，去洋上村的余氏祠堂祭祖。出得城来，车道渐高，一线蜿蜒没入远山丛中。已过中秋六日，天气仍如盛夏，亮晴的艳阳下四围山色，从近处的稻田到远峰的林阴，无际旷野满目青翠，名叫故乡。像虫归草间，鱼潜水底，我的心感到一种恬静的倦意。一生飘泊，今天至少该落一次锚，测童年有多深吧！

“下面就是你家了！”前座的陈日升，泉州市文联主席，回过头对我说。

斜落的坡道下，一座古朴的村庄，错落的人家红墙灰瓦，宁静地匍匐在谷底。“下面就是你家了！”一句话令我全身震颤，心头一紧。“下面果真是我的家吗？”泪水忽然盈目，忽然，我感到这一带的隐隐青山，累累果林，都为我顾盼所拥有，相信我只要发一声喊，十里内，枝头所有的芦柑都会回应。骤来的富足感一扫经年的乡愁。

村人全都拥来户外，或沿路欢迎，或倚楼张望，或紧随在身后，热闹有如过节。除了学童夹道挥旗，更有乐队呼应着舞狮，最后是一阵鞭炮淹没了万籁。

夫妻俩经常被人潮冲散，偶然才萍水相逢，只好苦笑。几个近亲后辈，刑警扭送要犯一般，好不容易将我们押解到祠堂。上百人跳栏似的跨过清朝的高门槛。奇迹一般，我终于站在祭祖的主位，浪子回头，面对着列祖列宗的一排排牌位，乡情怯怯，孺念耿耿，朗读起祭文来。堂上阶下，片刻间总算是肃穆无声了。香烛冉冉，供案上摆着祭肴，两侧赫然是净了毛的全羊全猪，背上贴着红纸，头上还翘着双角与肥耳。

祭毕，人声恢复喧闹。余渊川和振生、汉生、群生三侄告诉我，下一步要去“万杉郑”古厝了。我转身对记者群大声说：“现在我要去老屋看一下，请大家不要跟了，让我和祖先静静在一起二十分钟！”

酱红的砖墙上覆压着鳞鳞的灰瓦，脊坡缓缓，脊角的燕尾斜斜，屋前的晒谷场长约三十公尺，屋后有古树嘉荫的庇佑：万杉郑与典型的四合院闽南旧厝并无差别。但是有一点截然不同，亲人告诉我，此屋坐南朝北。顺着他的指点远眺，就发现为什么了。两里路外，背负着北天一碧，连绵不断的山势，峰峦起伏，却有峥嵘的三顶拔萃，啊，拔翠而出。左边一峰名叫石齿，中峰名称玳瑁，右峰则为铁甲。吾叔余承尧腕底的永春山色，多半在此。难怪先人之庐要朝夕相对，而不愿转过头去，达摩面壁一般局对南边的近山了。

正眺望间，族人引一老叟来见，云是我儿时游伴，名余江海，大我三岁。我和这小伴又是老友热烈拥抱。他有点怕生，只顾傻笑，但不久就挽着我指点故居。他带我到后院一座小石磨前，说从前两人就推着磨玩，说我常爱坐在磨上。

这时摄影机竞相闪动，原来记者们早就潜入了。后院有土石砌成的平台，高出地面五尺，上有一排五株荔枝树，拔地蔽天，身材高过三楼，枝叶繁茂，华盖的绿阴清凉，可庇佑树下人溽暑无汗。

此刻那绿阴深密，正庇着江海和我。他告诉外地的众多来宾，当年就和我一同爬树，到高处去找鸟蛋。记者不免问我有什么感想，我拍拍江海的瘦肩说："要不要再比赛爬树呀？"引得大家一笑。

越过灰瓦层叠的屋顶，透过荔枝交接的翠叶，玳瑁与铁甲的双峰迢迢可见。这一切山形与树色、灰瓦与赤壁，冥冥之中，必定如地下水一般渗入了我童稚的记忆之根，比四川村野的印象更近底层，否则日后我怎会这般忘情于山水，与造化如有夙缘，与一切宏美的壮观一见如故？

族亲似乎暗通吾意，把并蒂的一双芦柑，那么绿油油富于生机，放到我手里，说："把永春的特产水果带两只回去吧。"

有什么比这对孪生的绿孩子更能够吮吸故土的乳汁与地气呢？绿柑盈握，有谁能比我更富足呢？

失帽记

二〇〇八年的世界有不少重大的变化，其间有得有失。这一年我自己年届八十，其间也得失互见：得者不少，难以细表；失者不多，却有一件难过至今。我失去了一顶帽子。

去年十二月中旬，香港中文大学图书馆为我八秩庆生，举办了书刊手稿展览，并邀我重回沙田去签书、演讲。现场相当热闹，用媒体流行的说法，就是所谓人气颇旺。联合书院更编印了一册精美的场刊，图文并茂地呈现我香港时期的十一年，在学府与文坛的各种活动，题名《香港相思——余光中的文学生命》，在现场送给观众。典礼由黄国彬教授代表文学院致词，除了联合书院冯国培院长、图书馆潘明珠副馆长、中文系陈雄根主任等主办人之外，与会者更包括了昔日的同事卢玮銮、张双庆、杨钟基等，令我深感温馨。放眼台下，昔日的高足如黄坤尧、黄秀莲、樊善标、何杏枫等，如今也已做了老师，各有成就，令人欣慰。

演讲的听众多为学生，由中学老师带领而来。讲毕照例要签书，为了促使长龙蠕动得较快，签名也必须加速。不过今日的“粉丝”不比往年，索签的要求高得多了：不但要你签书、签笔记本、签便条、签书包、签学生证，还要题上他的名字、他女友的名字，或者一句赠言，当然，日期也不能少。那些名字往往由索签人即兴口述，偏偏中文同音字最多。“什么Whay？恩惠的惠吗？”“不是的，是智慧的慧。”“也不是，是恩惠的惠加草字头。”乱军之中，常常被这么乱喊口令。不仅如此，一粉丝在桌前索签，另一粉丝却在你椅后催你抬头、停笔、对准众多相机里的某一镜头，与他合影。笑容尚未收起，而夹缝之中又有第三只手伸来，要你放下一切，跟他“交手”。

这时你必须全神贯注，以免出错。你的手上，忽然是握着自己的笔，忽然是他人递过来的，所以常会掉笔。你想喝茶，却鞭长莫及。你想脱衣，却匀不出手。你内急已久，早应泄洪，却不容你抽身疾退。这时，你真难身外分身，来护笔、护表、护稿、扶杯。主办人焦待于漩涡之外，不知该纵容或呵止炒热了的“粉丝”。

去年底在中文大学演讲的那一次，听众的盛况不能算怎么拥挤，但也足以令我穷于应付，心神难专。等到曲终人散，又急于赶赴晚宴，不遑检视手提包及背袋，代提的主人又川流不息，始终无法定神察看。餐后走到户外，准备上车，天寒风起，需要戴帽，连忙逐袋寻找。这才发现，我的帽子不见了。

事后几位主人回去现场，又向接送的车中寻找，都不见帽子踪影。我存和我，夫妻俩像侦探，合力苦思，最后确见那帽子是在何时、何地，所以应该排除在某地、某时失去的可能，诸如此类过程。机场话别时，我仍不死心，还谆谆嘱咐孙明珠、樊善标，如果寻获，务必寄回高雄给我。半个月后，他们把我因“积重难返”而留下的奖牌、赠书、礼品等等寄到台湾。包裹层层解开，真相揭晓，那顶可怜的帽子，终于是丢定了。

仅仅为了一顶帽子，无论有多贵或是多罕见，本来也不会令我如此大惊小怪。但是那顶帽子不是我买来的，也不是他人送的，而是我身为人子继承得来的。那是我父亲生前戴过的，后来成了他身后的遗物。我存整理时所发现，不忍径弃，就说动我且戴起来。果然正合我头，而且款式潇洒，毛色可亲，就一直戴下去了。

那顶帽子呈扁楔形，前低后高，戴在头上，由后脑斜压在前额，有优雅的缓缓坡度，大致上可称贝雷软帽（beret），常覆在法国人头顶。至于毛色，则圆顶部分呈浅陶土色，看来温暖体贴。四周部分则前窄后宽，织成细密的十字花纹，为淡米黄色。戴在我的头上，倜傥，有欧洲名士的超逸，不止一次赢得研究所女弟子的青睐。

但帽内的乾坤，只有我自知冷暖，天气越寒，尤其风大，帽内就越加温暖，仿佛父亲的手掌正护在我头上，掌心对着脑门。毕竟，同样的这一顶温暖曾经覆盖着父亲，如今移爱到我的头上，恩佑两代，不愧是父子相传的忠厚家臣。

回顾自己的前半生，有幸集双亲之爱，才有今日之我。当年父亲爱我，应该不逊于母亲。但小时我不常在他身边，始终呵护着我庇佑着我的，甚至在抗战沦陷区逃难，生死同命的，是母亲。肌肤之亲，操作之劳，用心之苦，凡她力之所及，哪一件没有为我做过？反之，记忆中父亲从来没打过我，甚至也从未对我疾言厉色，所以绝非什么严父。

不过父子之间始终也不亲热。小时他倒是常对我讲论圣贤之道，勉励我要立志立功。

长夏的蝉声里，倒是有好几次父子俩坐在一起看书：他靠在躺椅上看《纲鉴易知录》，我坐在小竹凳上看《三国演义》。冬夜的桐油灯下，他更多次为我启蒙，苦口婆心引领我进入古文的世界，点醒了我的汉魄唐魂。张良啦，魏征啦，太史公啦，韩愈啦，都是他介绍我初识的。

后来做父亲的渐渐老了，做儿子的长大了，各忙各的。他宦游在外，或是长期出差数下南洋，或担任同乡会理事长，投入乡情侨务；我则学府文坛，烛烧两头，不但三度旅美，而且十年居港，父子交集不多。

自中年起他就因关节病苦于脚痛，时发时歇，晚年更因青光眼近于失明。廿三年前，我接中山大学之聘，由香港来高雄定居。

我存即毅然卖掉台北的故居，把我的父亲、她的母亲一起接来高雄安顿。

许多年来，父亲的病情与日常起居，幸有我存悉心照顾，并得我岳母操劳陪伴。身为他亲生的独子，我却未能经常省视侍疾，想到五十年前在台大医院的加护病房，母亲临终时的泪眼，谆谆叮嘱“爸爸你要好好照顾”，实在愧疚无已。父亲和母亲鹣鲽情深，是我前半生的幸福所赖。

只记得他们大吵过一次，却几乎不曾小吵。母亲逝于五十三岁，长他十岁的父亲，尽管亲友屡来劝婚，却终不再娶，鳏夫的寂寞守了三十四年，享年，还是忍年，九十七岁。

可怜的老人，以风烛之年独承失明与痛风之苦，又不能看报看电视以遣忧，只有一架古董收音机喋喋为伴。暗淡的孤寂中，他能想些什么呢？除了亡妻和历历的或是渺渺的往事，除了独子为什么不常在身边。

而即使在身边时，也从未陪他久聊一会儿，更从未握他的手或紧紧拥抱他的病躯。更别提四个可爱的孙女，都长大了吧，但除了幼珊之外，又能听得见谁的声音？长寿的代价，是沧桑。

所以在遗物之中竟还保有他长戴的帽子，无异于继承了最重要的遗产。父亲在世，我对他爱得不够，而孺慕耿耿也始终未能充分表达。想必他深心一定感到遗憾，而自他去后，我遗憾更多。幸而还留下这么一顶帽子，未随碑石俱冷，尚有余温，让我戴上，幻觉未尽的父子之情，并未告终。

幻觉依靠这灵媒之介，犹可贯通阴阳，串联两代，一时还不至径将上一个戴帽人完全淡忘。这一份与父共戴帽的心情，说得高些，是感恩，说得重些，是赎罪。不幸，连最后的一点凭借竟也都失去，令人悔恨。

寒流来时，风势助威，我站在岁末的风中，倍加畏冷。对不起，父亲。对不起，母亲。

日不落家

1

一元的旧港币上有一只雄狮，戴冕控球，姿态十分威武。但七月一日以后，香港归还了中国，那顶金冠就要失色，而那只圆球也不能号称全球了。伊丽莎白二世在位，已经四十五年，恰与一世相等。在两位伊丽莎白之间，大英帝国从起建到瓦解，凡历四百余年，与汉代相当。方其全盛，这帝国的属地藩邦、运河军港，遍布了水陆大球，天下四分，独占其一，为历来帝国之所未见，有“日不落国”之称。

而现在，日落帝国，照艳了香港最后这一片晚霞。“日不落国”将成为历史，代之而兴的乃是“日不落家”。

冷战时代过后，国际日趋开放，交流日见频繁，加以旅游便利，资讯发达，这世界真要变成地球村了。于是同一家人辞乡背井，散落到海角天涯，昼夜颠倒，寒暑对照，便成了“日不落家”。今年我们的四个女儿，两个在北美，两个在西欧，留下我们二老守在岛上。一家而分在五国，你醒我睡，不可同日而语，也成了“日不落家”。

幼女季珊留法五年，先在翁热修法文，后去巴黎读广告设计，点唇画眉，似乎沾上了一些高卢风味。我家英语程度不低，但家人的法语发音，常会遭她纠正。她擅于学人口吻，并佐以滑稽的手势，常逗得母亲和姐姐们开心，轻则解颜，剧则捧腹。可以想见，她的笑话多半取自法国经验，首当其冲的自然是法国男人。马歇·马叟是她的偶像，害得她一度想学默剧。不过她的设计也学得不赖，我译的王尔德喜剧《理想丈夫》，便是她做的封面。现在她住在加拿大，一个人孤悬在温哥华南郊，跟我们的时差是早八小时。

长女珊珊在堪萨斯修完艺术史后，就一直留在美国，做了长久的纽约客。大都会的艺馆画廊既多，展览又频，正可尽情饱赏。珊珊也没有闲着，远流版两巨册的《现代艺术理论》就是她公余、厨余的译绩。华人画家在东岸出画集，也屡次请她写序。看来我的“序火”她也有份了，成了“家患”，虽然苦些，却非徒劳。她已经做了母亲，男孩四岁，女孩未满两岁。家教所及，那小男孩一面挥舞恐龙和电动神兵，一面却随口叫出凡·高和蒙娜丽莎的名字，把考古、科技、艺术合而为一，十足一个博闻强记的顽童。四姐妹中珊珊来得最早，在生动的回忆里她是破天荒第一声婴啼，一婴开啼，众婴响应，带来了日后八根小辫子飞舞的热闹与繁华。然而这些年来她离开我们也最久，而自己有了孩子之后，也最不容易回台，所以只好安于“日不落家”，不便常回“娘家”了。她和幺妹之间隔了一整个美洲大陆，时差，又早了三个小时。

凌越淼淼的大西洋更往东去五小时的时差，便到了莎士比亚所赞的故乡，“一块宝石镶嵌在银涛之上”。次女幼珊在曼彻斯特大学专攻华兹华斯，正襟危坐，苦读的是诗翁浩繁的全集，逍遥汗漫，优游的也还是诗翁俯仰的湖区。华兹华斯乃英国浪漫诗派的主峰，幼珊在柏克莱写硕士论文，仰攀的是这翠微，十年后径去华氏故乡，在曼城写博士论文，登临的仍是这雪顶，真可谓从一而终。世上最亲近华氏的女子，当然是他的妹妹多萝西（Dorothy Wordsworth），其次呢，恐怕就轮到我家的二女儿了。

幼珊留英，将满三年，已经是一口不列颠腔。每逢朋友访英，她义不容辞，总得驾车载客去西北的坎布利亚，一览湖区绝色，简直成了华兹华斯的特勤导游。如此奉献，只怕多萝西也无能为力吧。我常劝幼珊在撰正论之余，把她的英国经验，包括湖区的唯美之旅，一一分题写成杂文小品，免得日后“留英”变成“留白”。她却惜字如金，始终不曾下笔，正如她的幺妹空将法国岁月藏在心中。

幼珊虽然远在英国，今年却不显得怎么孤单，因为三妹佩珊正在比利时研究，见而不难，没有时差。我们的三女儿反应迅速，兴趣广泛，而且“见异思迁”：她拿的三个学位依次是历史学士、广告硕士、行销博士。所以我叫做“柳三变”。在香港读中文大学的时候，她的钢琴演奏曾经考取八级，一度有意去美国主修音乐；后来又任《星岛日报》的文教记者。所以在餐桌上我常笑语家人：“记者面前，说话当心。”

回台以后，佩珊一直在东海的企管系任教，这些年来，更把本行的名著三种译成中文，在“天下”“远流”出版。今年她去比利时做市场调查，范围兼及荷兰、英国。据我这做父亲的看来，她对消费的兴趣，不但是学术，也是癖好，尤其是对于精品。她的比利时之旅，不但饱览佛朗德斯名画，而且遍尝各种美酒，更远往土耳其，去清真寺仰听尖塔上悠扬的呼祷，想必是十分丰盛的经验。

2

世界变成了地球村，这感觉，看电视上的气象报告最为具体。台湾太热，温差又小，本地的气象报告不够生动，所以爱看外地的冷暖，尤其是够酷的低温。每次播到大陆各地，我总是寻找沈阳和兰州。“哇！零下十二度耶！过瘾啊！”于是一整幅雪景当面掴来，觉得这世界还是多彩多姿的。

一家既分五国，气候自然各殊。其实四个女儿都在寒带，最北的曼彻斯特约当北纬五十三度又半，最南的纽约也还有四十一度，都属于高纬了。总而言之，四个女儿纬差虽达十二度，但气温大同，只得一个冷字。其中幼珊最为怕冷，偏偏曼彻斯特严寒欺人，而读不完的华兹华斯又必须久坐苦读，难抵凛冽。对比之下，低纬二十二度半的高雄是暖得多了，即使嚷嚷寒流犯境，也不过等于英国的仲夏之夜，得盖被窝。

黄昏，是一日最敏感最容易受伤的时辰，气象报告总是由近而远，终于播到了北美与西欧，把我们的关爱带到高纬，向陌生又亲切的都市聚焦。陌生，因为是寒带。亲切，因为是我们的孩子所在。

“温哥华还在零下！”

“暴风雪袭击纽约，机场关闭！”

“伦敦都这么冷了，曼彻斯特更不得了！”

“布鲁塞尔呢，也差不多吧？”

坐在热带的凉椅上看国外的气象，我们总这么大惊小怪，并不是因为没有见识过冰雪，或是孩子们还在稚龄，不知保暖，更不是因为那些国家太简陋，难以御寒。只因为父母老了，念女情深，在记忆的深处，梦的焦点，在见不得光的潜意识底层，女儿的神情笑貌仍似往昔，永远珍藏在娇憨的稚岁，童真的幼龄——所以天冷了，就得为她们加衣，天黑了，就等待她们一一回来，向热腾腾的晚餐，向餐桌顶上金黄的吊灯报到，才能众辫聚首，众瓣围葩，辐辏成一朵哄闹的向日葵。每当我眷顾往昔，年轻的幸福感就在这一景停格。

人的一生有一个半童年。一个童年在自己小时候，而半个童年在自己孩子的小时候。童年，是人生的神话时代，将信将疑，一半靠父母的零星口述，很难考古。错过了自己的童年，还有第二次机会，那便是自己子女的童年。年轻爸爸的幸福感，大概仅次于年轻妈妈了。在厦门街绿荫深邃的巷子里，我曾是这么一位顾盼自得的年轻爸爸，四个女婴先后裹着奶香的襁褓，投进我喜悦的怀抱。黑白分明，新造的灵瞳灼灼向我转来，定睛在我脸上，不移也不眨，凝神认真地读我，似乎有一点困惑。

“好像不是那个（妈妈）呢，这个（男人）。”她用超语言的混沌意识在说我，而我，更逼近她的脸庞，用超语言的笑容向她示意：“我不是别人，是你爸爸，爱你，也许比不上你妈妈那么周到，但不会比她较少。”她用超经验的直觉将我的笑容解码，于是学起我来，忽然也笑了。这是父女间第一次相视而笑，像风吹水绽，自成涟漪，却不落言筌，不留痕迹。

为了女婴灵秀可爱，幼稚可哂，我们笑。受了我们笑容的启示，笑声的鼓舞，女婴也笑了。女婴一笑，我们以笑回答。女婴一哭，我们笑得更多。女婴刚会起立，我们用笑勉励。她又跌坐在地，我们用笑安抚。四个女婴马戏团一般相继翻筋斗来投我家，然后是带爬、带跌、带摇、带晃，扑进我们张迎的怀里——她们的童年是我们的“笑季”。

为了逗她们笑，我们做鬼脸。为了教她们牙牙学语，我们自己先儿语牙牙：“这是豆豆，那是饼饼，虫虫虫虫飞！”成人之间不屑也不敢的幼稚口吻、离奇动作，我们在孩子面前，特权似的，却可以完全解放，尽情表演。在孩子的真童年里，我们找到自己的假童年，乡愁一般再过一次小时候，管它是真是假，是一半还是完全。

快乐的童年是双全的互惠：一方面孩子长大了，孺慕儿时的亲恩；一方面父母老了，眷念子女的儿时。因为父母与稚儿之间的亲情，最原始、最纯粹、最强烈，印象最久也最深沉，虽经万劫亦不可磨灭。坐在电视机前，看气象而念四女，心底浮现的常是她们孩时，仰面伸手，依依求抱的憨态，只因那形象最萦我心。

最萦我心是第一个长夏，珊珊卧在白纱帐里，任我把摇篮摇来摇去，乌眸灼灼仍对我仰视，窗外一巷的蝉嘶。是幼珊从躺床洞孔倒爬了出来，在地上颤颤昂头像一只小胖兽，令众人大吃一惊，又哄然失笑，是带佩珊去看电影，她水亮的眼珠在暗中转动，闪着银幕的反光，神情那样紧张而专注，小手微汗在我的手里。是季珊小时候怕打雷和鞭炮，巨响一迸发就把哭声埋进婆婆的怀里，呜咽久之。

不知道她们的母亲，记忆中是怎样为每一个女孩的初貌取景造形。也许是太密太繁了，不一而足，甚至要远溯到成形以前，不是形象，而是触觉，是胎里的颠倒蜷伏，手撑脚踢。

当一切追溯到源头，混沌初开，女婴的生命起自父精巧遇到母卵，正是所有爱情故事的雏形。从父体出发长征的万头攒动，是适者得岸的蝌蚪宝宝，只有幸运的一头被母岛接纳。于是母女同体的十月因缘奇妙地开始。母亲把女婴安顿在子宫，用胚胎喂她，羊水护她，用脐带的专线跟她神秘地通话，给她暧昧的超安全感，更赋她心跳、脉搏与血型，直到大蝌蚪变成了大头宝宝，大头朝下，抱臂交股，蜷成一团，准备向生之窄门拥挤顶撞，破母体而出，而且鼓动肺叶，用尚未吃奶的气力，嗓音惊天地而动鬼神，又像对母体告别，又像对母亲报到，洪亮的一声啼哭，“我来了！”

3

母亲的恩情早在孩子会呼吸以前就开始，所以中国人计算年龄，是从成孕数起。那原始的十个月，虽然眼睛都还未睁开，已经样样向母亲索取，负欠太多。等到降世那天，同命必须分体，更要断然破胎、截然开骨，在剧烈加速的阵痛之中，挣扎着，夺门而出。生日蛋糕之甜，烛火之亮，是用母难之血来偿付的。但生产之大劫不过是母爱的开始，日后母亲的辛勤照顾，从抱到背，从扶到推，从拉拔到提掖，字典上凡是手字部的操劳，哪一样没有做过？《蓼莪》篇说："哀哀父母，生我劬劳。"其实肌肤之亲、操劳之动，母亲远多于父亲。所以《蓼莪》又说："母兮鞠我。拊我畜我，长我育我，顾我复我，出入腹我。欲报之德，昊天罔极？"其中所言，多为母恩。"出入腹我"一句形容母不离子，最为传神，动物之中恐怕只有袋鼠家庭胜过人伦了。

从前是四个女儿常在身边，顾之复之，出入腹之。我肌肤白皙，四女多得遗传，所以她们小时我戏呼之为"一窝小白鼠"。在丹佛时，长途旅行，一窝小白鼠全在我家车上，坐满后排。那情景，又像是所有的鸡蛋都放在同一只篮里。我手握驾驶盘，不免倍加小心，但是全家同游，美景共享，却也心满意足。在香港的十年，晚餐桌上热汤蒸腾，灯氛温馨，四只小白鼠加一只大白鼠加我这大老鼠围成一桌，一时六口张，美肴争入，妙语争出，叽叽喳喳喧成一片，鼠伦之乐莫过于此。

而现在，一窝小白鼠全散在四方，这样的盛宴久已不再。剩下二老，只能在清冷的晚餐后，向国外的气象报告去揣摩四地的冷暖。中国人把见面打招接呼叫做寒暄。我们每晚在电视上真的向四个女儿“寒暄”，非但不是客套，而且寓有真情，因为中国人不惯和家人紧抱热吻，恩情流露，每在淡淡的问暖嘘寒，叮嘱添衣。

往往在气象报告之后，做母亲的一通长途电话，越洋跨洲，就直接拨到暴风雪的那一端，去“寒暄”一番，并且报告高雄家里的现况，例如父亲刚去墨西哥开会，或是下星期要去川大演讲，她也要同行。有时她一夜电话，打遍了西欧北美，耳听四国，把我们这“日不落家”的最新动态收集汇整。

看着做母亲的曳着电线，握着听筒，跟九千里外的女儿短话长说，那全神贯注的姿态，我顿然领悟，这还是母女连心、一线密语的习惯。不过以前是用脐带向体内腹语，而现在，是用电缆向海外传音。

而除了脐带情结，更不断写信，并附寄照片或剪稿，有时还寄包裹，把书籍、衣饰、药品、隐形眼镜等等，像后勤支援前线一般，源源不绝向海外供应。类此的补给从未中止，如同最初，母体用胎盘向新生命输送营养和氧气：绵绵的母爱，源源的母爱，唉，永不告竭。

所谓恩情，是爱加上辛苦再乘以时间，所以是有增无减，且因累积而变得深厚。所以《诗经》叹曰：“欲报之德，昊天罔极？”

这一切的一切，从珊珊的第一声啼哭以前就开始了。若要彻底，就得追溯到四十五年前，当四个女婴的母亲初遇父亲，神话的封面刚刚揭开，罗曼史正当扉页。到女婴来时，便是美丽的插图了。第一图是父之囊。第二图是母之宫。第三图是育婴床，在内江街的妇产医院。第四图是摇婴篮，把四个女婴依次摇啊摇，没有摇到外婆桥，却摇成了少女，在厦门街深巷的一栋古屋。以后的插图就不用我多讲了。

这一幅插图，看哪，爸爸老了，还对着海峡之夜在灯下写诗。妈妈早入睡了，微闻鼾声。她也许正梦见从前，有一窝小白鼠跟她捉迷藏，躲到后来就走散了，而她太累，一时也追不回来。

三间书房

小说大家伍尔夫夫人生前有个愿望：但愿拥有一间自己的房间。那当然是指书房。对比之下，我一人拥有三间书房，而且都在楼上，应该感到满足。

当然，这三间书房并不在一起。

第一间在厦门街的老宅。不是三十多年前的那一幢古屋，它早已拆掉改建了。目前的老宅也已有了十五年的风霜。我的书房在二楼，有十二坪之宽。当初建屋，这一间就特别设计，所以横亘二十五尺的墙壁全嵌了书橱，从地板一直到天花板，一眼望去，卷帙浩繁，颇有书城巍巍的气象。这么宽敞的书房，相信一般人家并不常见。比我阔的人太多了，但是绝少阔人会把这么阔的房间拿来当书房。所以刚搬进去时，我委实踌躇满志了一阵子。不过得意了没有几年，就像台湾的人口一样，这书城的人口也迅告膨胀。幸好不久我就来了香港，六百册书随我一同西来。书城的人口压力暂时稍减。

我在沙田山居的书房，只有厦门街的这间一半大，可是一排五扇长窗朝西，招来了对海的层层山色，和我共对一几。所以这间书房，这临海的高斋，室虽小而可纳天地，另是一番气象。入迁之初，架上的六百册书疏疏落落，任其或立或倚，一副政简讼清的样子。照例闲不了多久，新的图书杂志，各有各的身材、身价、身世，从四面八方盲目地投奔而来，于是这小小书城的人口很快地就饱和如香港的人口。终于我不得不把走投无路的书刊，一叠又一叠，陶侃运甓那样，搬去我的办公室。

我在中文大学的办公室在太古楼的六楼，位于长廊尽头。这六楼已是绝顶，我的房间又在绝顶的绝处，世界上没有任何人会在门外过路。绝对的安静归我一人独享，简直是耳朵的放假。临窗俯眺，半里之外的斜坡道上争驶着小轿车和长长的货柜车，看不尽多少的长安道上客。我却高高坐着，像尼采，像宙斯在奥林匹斯之巅。教授的办公室其实也就等于书房。不要多久，这第三书房也书满为患。于是又把无处安顿的书一批批运回家去。

我的办公室在太古楼，静寂亦如太古，这清福实在修来不易。以前我在中文大学的办公室位于碧秋楼二楼，正当梯口，又隔着走廊与教师的联谊室斜斜相对，既扼要冲，自为兵家必争之地。所以门外总是笑语喧阗，足音杂沓，不时更有人在长廊的两头此呼彼应，回声不绝，或是久别重逢，狭路相遇，齐发惊叹。长廊未半有女工坐守柜台，别处的女工不时来访，印证了广东人的一句话：“三个女人一个墟。”再过去是厕所，又是兵家必争之地，同事们出入其门，少不了又有一番寒暄。从那里搬到太古楼来，简直是听觉的大赦。

此刻我坐在太古楼上，山色可玩，六根清净，从从容容享受免于噪音的自由。但这好景恐怕是长不了了。一回台北，等于重投噪音的罗网。而香港这两间书房里满坑满谷的书刊，又将如何运回台北去呢？

书斋·书灾

物以类聚，我的朋友大半也是书呆子。很少有朋友约我去户外恋爱春天。大半的时间，我总是与书为伍。大半的时间，总是把自己关在六叠之上，四壁之中，制造氮气，做白日梦。我的书斋，既不像华波尔（Horace Walpole）中世纪的歌德式城堡那么豪华，也不像格勒布街（Grub Street）的阁楼那么寒酸。我的藏书不多，也没有统计，大约在一千册左右。“书到用时方恨少”，花了那么多钱买书，要查点什么仍然不够应付。有用的时候，往往发现某本书给朋友借去了没还来。没用的时候，它们简直满坑满谷；书架上排列得整整齐齐的之外，案头，椅子上，唱机上，窗台上，床上，床下，到处都是。由于为杂志写稿，也编过刊物，我的书城之中，除了居民，还有许多来来往往的流动户口，例如《文学杂志》《现代文学》《中外》《蓝星》《作品》《文坛》《自由青年》等等，自然，更有数以百计的《文星》。

“腹有诗书气自华”。奈何那些诗书大半不在腹中，而在架上，架下，墙隅，甚至书桌脚下。我的书斋经常在闹书灾，令我的太太、岳母和擦地板的下女顾而绝望。下女每逢擦地板，总把架后或床底的书一股脑儿堆在我床上。我的岳母甚且几度提议，用秦始皇的方法来解决。有一次在台风期间，中和乡大闹水灾，夏菁家里数千份《蓝星》随波逐流。待风息水退，乃发现地板上、厨房里、厕所里、狗屋顶，甚至院中的树上，或正或反，举目皆是《蓝星》。如果厦门街也有这么一次水灾，则在我家，水灾过后，必有更严重的书灾。

你会说，既然怕铅字为祸，为什么不好好整理一下，使各就其位，取之即来呢？不可能，不可能！我的答复是不可能。凡有几本书的人，大概都会了解，理书是多么麻烦，同时也是多么消耗时间的一件事。对于一个书呆子，理书是带一点回忆的哀愁的。喏，这本书的扉页上写着“一九五二年四月购于台北”（那时你还没有大学毕业哪！）；那本书的封底里面，记着一个女友可爱的通信地址（现在不必记了，她的地址就是我的。可叹！可叹！这是幸福，还是迷惘？）；有一本书上写着：“赠余光中，一九五九年于爱荷华城”。（作者已经死了，他巍峨的背影已步入文学史。将来，我的女儿们读文学读到他时，有什么感觉呢？）另一本书令我想起一位好朋友，他正在太平洋彼岸的一个小镇上穷泡，好久不写诗了。翻开这本红面烫金古色古香的诗集，不料一张叶脉毕呈枯脆欲断的橡树叶子，翩翩地飘落在地上。这是哪一个秋天的幽灵呢？那么多书，那么多束信，那么多叠的手稿！我来过，我爱过，我失去——该是每块墓碑上都适用的墓志铭。而这，也是每位作家整理旧书时必有的感想。谁能把自己的回忆整理清楚呢？

何况一面理书，一面还要看书。书是看不完的，尤其是自己的藏书。谁要能把自己的藏书读完，一定成为大学者。有的人看书必借，借书必不还。有的人看书必买，买了必不看完。我属于后者。我的不少朋友属于前者。这种分类法当然纯粹是主观的。有一度，发现自己的一些好书，甚至是绝版的好书，被朋友们久借不还，甚至于久催不理，我愤怒得考虑写一篇文章，声讨这批雅贼，不，“雅盗”，因为他们的罪行是公开的。不久我就打消这念头了，因为发现自己也未能尽免“雅盗”的作风。架上正摆着的，就有几本向朋友久借未还的书——有一本论诗的大著是向淡江某同事借的，已经半年多没还了，他也没来催。当然这么短的“侨居”还不到“归化”的程度。有一本《美国文学的传统》下卷，原来是从朱立民先生处借来，后来他料我毫无还意，绝望了，索性声明是送给我，而且附赠了上卷。在十几册因久借而“归化”了的书中，大部分是台大外文系的财产。它们的“侨龄”都已逾十一年。据说系图书馆的管理员仍是当年那位女士，吓得我十年来不敢跨进她的辖区。借钱不还，是不道德的事。书也是钱买的，但在“文艺无国界”的心理下，似乎借书不还是一件不值一提的事了。

除了久借不还的以外，还有不少书——简直有三四十册——是欠账买来的。它们都是向某家书店“买”来的，“买”是买来了，但几年来一直未曾付账。当然我也有抵押品——那家书店为我销售了百多本的《万圣节》和《钟乳石》，也始终未曾结算。不过我必须立刻声明，到目前为止，那家书店欠我的远少于我欠书店的。我想我没有记错，或者可以说，没有估计错，否则我不会一直任其发展而保持缄默。大概书店老板也以为他欠我较多，而容忍了这么久。

除了上述两种来历不太光荣的书外，一部分的藏书是作家朋友的赠书。其中绝大多数是中文的新诗集，其次是小说、散文、批评和翻译，自然也有少数英文，乃至法文、韩文和土耳其文的著作。这些赠书是来历光明的，因为扉页上都有原作者或译者的亲笔题字，更加可贵。可是坦白地说，这一类的书，我也很少全部详细拜读完毕的。我敢说，没有一位作家会把别的作家的赠书一一览尽。英国作家贝洛克（Hilaire Belloc）有两行谐诗：

When I am dead，I hope it may be said：
“His sins were scarlet，but his books were read. ”

勉强译成中文，就成为：

当我死时，我希望人们会说：

“他的罪深红，但他的书有人读过。”

此地的read是双关的，它既是“读”的过去分词，又和“红”（red）同音，因此不可能译得传神。贝洛克的意思，无论一个人如何罪孽深重，只要他的著作真有人当回事地拜读过，也就算难能可贵了。一个人，尤其是一位作家之无法遍读他人的赠书，由此可以想见。每个月平均要收到三四十种赠书（包括刊物），我必须坦白承认，我既无时间逐一拜读，也无全部拜读的欲望。事实上，太多的大著，只要一瞥封面上作者的名字，或是多么庸俗可笑的书名，你就没有胃口开卷饕餮了。世界上只有两种作家——好的和坏的。除了一些奇迹式的例外，坏的作家从来不曾变成好的作家。我写上面这段话，也许会莫须有地得罪不少赠书的作家朋友。不过我可以立刻反问他们：“不要动怒，你们可以反省一下，曾经读完，甚至部分读过我的赠书没有？”我想，他们大半不敢遽作肯定的回答的。那些“难懂”的现代诗，那些“嚼饭喂人”的译诗，谁能够强人拜读呢？十九世纪牛津大学教授道奇森（C.L. Dodgson，笔名Lewis Carroll）曾将他著的童话小说《爱丽丝漫游奇境记》（Alice in Wonderland），呈献一册给维多利亚女皇。女皇很喜欢那本书，要道奇森教授将他以后的作品见赠。不久她果然收到他的第二本大著——一本厚厚的数学论文。我想女皇该不会读完第一页的。

第三类的书该是自己的作品了。它们包括四本诗集，三本译诗集，一本翻译小说，一本翻译传记。这些书中，有的尚存三四百册，有的仅余十数本，有的甚至已经绝版。到现在我仍清晰地记得，印第一本书时患得患失的心情。出版的那一晚，我曾经兴奋得终宵失眠，幻想着第二天那本小书该如何震撼整个文坛，如何再版三版，像拜伦那样传奇地成名。为那本书写书评的梁实秋先生，并不那么乐观。他预计“顶多销三百本。你就印五百本好了”。结果我印了一千册，在半年之内销了三百四十多册。不久我参加第一届大专毕业生的预官受训，未再继续委托书店销售。现在早给周梦蝶先生销光了。目前我业已发表而迄未印行成集的，有五种诗集，一本《现代诗选译》，一本《蔡斯德菲尔家书》，一本画家保罗·克利的评传和两种散文集。如果我不夭亡——当然，买半票、充“神童”的年代早已逝去——到五十岁时，希望自己已是拥有五十本作品（包括翻译）的作家，其中至少应有二十种诗集。对缪斯许的这个愿，恐怕是太大了一点。然而照目前写作的“产量”看来，打个六折，有三十本是绝对不成问题的。

最后一类藏书，远超过上述三类的总和。它们是我付现买来，集少成多的中英文书籍。惭愧得很，中文书和英文书的比例，十多年来，愈来愈悬殊了。目前大概是三比七。大多数的书呆子，既读书，亦玩书。读书是读书的内容，玩书则是玩书的外表。书确是可以“玩”的。一本印刷精美、封面华丽的书，其物质的本身就是一种美的存在。我所以买了那么多的英文书，尤其是缤纷绚烂的袖珍丛书，对那些七色鲜明、设计潇洒的封面一见倾心，往往是重大的原因。“企鹅丛书”（Penguin Books）的典雅，“现代丛书”（Modern Library）的端庄，“袖珍丛书”（Pocket Books）的活泼，“人人丛书”（Everyman's Library）的古拙，“花园丛书”（Garden City Books）的豪华，瑞士“史基拉艺术丛书”（Skira Art Books）的堂皇富丽，尽善尽美……这些都是使蠹鱼们神游书斋的乐事。资深的书呆子通常有一种不可救药的毛病。他们爱坐在书桌前，并不一定要读哪一本书，或研究哪一个问题，只是喜欢这本摸摸，那本翻翻，相相封面，看看插图和目录，并且嗅嗅（尤其是新书的）怪好闻的纸香和油墨味。就这样，一个昂贵的下午用完了。

约翰博士曾经说，既然我们不能读完一切应读的书，则我们何不任性而读？我的读书便是如此。在大学时代，出于一种攀龙附凤、进香朝圣的心情，我曾经遵循文学史的指点，自勉自励地读完八百多页的《汤姆·琼斯》，七百多页的《虚荣市》，甚至咬牙切齿，边读边骂地咽下了《自我主义者》。自从毕业后，这种啃劲愈来愈差了。到目前忙着写诗、译诗、编诗、教诗、论诗，五马分尸之余，几乎毫无时间读诗，甚至无时间读书了。架上的书，永远多于腹中的书；读完的藏书，恐怕不到十分之三。尽管如此，“玩”书的毛病始终没有痊愈。由于常“玩”，我相当熟悉许多并未读完的书，要参考某一意见，或引用某段文字，很容易就能翻到那一页。事实上，有些书是非玩它一个时期不能欣赏的。例如凡·高的画集，康明思的诗集，就需要久玩才能玩熟。

然而，十年玩下来了，我仍然不满意自己这书斋。由于太小，书斋之中一直闹着书灾。那些漫山遍野、满坑满谷、汗牛而不充栋的洋装书，就像一批批永远取缔不了的流氓一样，没法加以安置。由于是日式，它嫌矮，而且像一朵“背日葵”那样，永远朝北，绝对晒不到太阳。如果中国多了一个阴郁的作家，这间北向的书房应该负责。坐在这扇北向之窗的阴影里，我好像冷藏在冰箱中一只满孕着南方的水果。白昼，我似乎沉浸在海底，岑寂的幽暗奏着灰色的音乐。夜间，我似乎听得见爱斯基摩人雪橇滑行之声，而北极星的长髯垂下来，铮铮然，敲响串串的白钟乳。

可是，在这间艺术的冷宫中，有许多回忆仍是炽热的。朋友来访，我常爱请他们来这里坐谈，而不去客厅，似乎这里是我的“文化背景”，不来这里，友情的铅锤落不到我的心底。弗罗斯特的凝视悬在壁上，我的缪斯是男性的。在这里，我曾经听吴望尧——现代诗一位失踪的王子，为我讲一些猩红热和翡翠冷的鬼故事；在这里，黄用给我看到几乎是他全部的作品，并且磨砺了他那柄冰冷的批评；在这里，王敬羲第一次遭遇黄用，但是，使我们大失所望，并没有吵架；在这里，陈立峰，一个风骨凛然的编辑，也曾遗下一朵黑色的回忆……比起这些回忆，零乱的书籍显得整齐多了。

沙田山居

书斋外面是阳台，阳台外面是海，是山，海是碧湛湛的一弯，山是青郁郁的连环。山外有山，最远的翠微淡成一袅青烟，忽焉似有，再顾若无，那便是，大陆的莽莽苍苍了。日月闲闲，有的是时间与空间。一览不尽的青山绿水，马远夏圭的长幅横披，任风吹，任鹰飞，任渺渺之目舒展来回，而我在其中俯仰天地，呼吸晨昏，竟已有十八个月了。十八个月，也就是说，重九的陶菊已经两开，中秋的苏月已经圆过两次了。

海天相对，中间是山，即使是秋晴的日子，透明的蓝光里，也还有一层轻轻的海气，疑幻疑真，像开着一面玄奥的迷镜，照镜的不是人，是神。海与山绸缪在一起，分不出，是海侵入了山间，还是山诱俘了海水，只见海把山围成一角角的半岛，山呢，把海围成了一汪汪的海湾。山色如环，困不住浩渺的南海，毕竟在东北方缺了一口，放樯桅出去，风帆进来。最是晴艳的下午，八仙岭下，一艘白色渡轮，迎着酣美的斜阳悠悠向大埔驶去，整个吐雾港平铺着千顷的碧蓝，就为了反衬那一影耀眼的洁白。起风的日子，海吹成了千亩蓝田，无数的百合此开彼落。到了夜深，所有的山影黑沉沉都睡去，远远近近，零零落落的灯全睡去，只留下一阵阵的潮声起伏，永恒的鼾息，撼人的节奏撼我的心血来潮。有时十几盏渔火赫然，浮现在阒黑的海面，排成一弯弧形，把渔网愈收愈小，围成一丛灿灿的金莲。

海围着山，山围着我。沙田山居，峰回路转，我的朝朝暮暮，日起日落，月望月朔，全在此中度过，我成了山人。问余何事栖碧山，笑而不答，山已经代我答了。其实山并未回答，是鸟代山答了，是虫，是松风代山答了。山是禅机深藏的高僧，轻易不开口的。人在楼上倚栏杆，山列坐在四面如十八尊罗汉叠罗汉，相看两不厌。早晨，我攀上佛头去看日出，黄昏，从联合书院的文学院一路走回来，家，在半山腰上等我，那地势，比佛肩要低，却比佛肚子要高些。这时，山什么也不说，只是争噪的鸟雀泄漏了他愉悦的心境。等到众鸟栖定，山影茫然，天籁便低沉下去，若断若续，树间的歌者才歇下，草间的吟哦又四起。至于山坳下面那小小的幽谷，形式和地位都相当于佛的肚脐，深凹之中别有一番谐趣。山谷是一个爱音乐的村女，最喜欢学舌拟声，可惜太害羞，技巧不很高明。无论是鸟鸣犬吠，或是火车在谷口扬笛路过，她都要学叫一声，落后半拍，应人的尾音。

从我的楼上望出去，马鞍山奇拔而峭峻，屏于东方，使朝暾姗姗其来迟。鹿山巍然而逼近，魁梧的肩膂遮去了半壁西天，催黄昏早半小时来临，一个分神，夕阳便落进他的僧袖里去了。一炉晚霞，黄铜烧成赤金又化作紫灰与青烟，壮哉崦嵫的神话，太阳的葬礼。阳台上，坐看晚景变幻成夜色，似乎很缓慢，又似乎非常敏捷，才觉霞光烘颊，余曛在树，忽然变生咫尺，眈眈的黑影已伸及你的肘腋，夜，早从你背后袭来。那过程，是一种绝妙的障眼法，非眼睫所能守望的。等到夜色四合，黑暗已成定局，四围的山影，重甸甸阴森森的，令人肃然而恐。尤其是西屏的鹿山，白天还如佛如僧，蔼然可亲，这时竟收起法相，庞然而踞，黑毛茸蒙如一尊暗中伺人的怪兽，隐然，有一种潜伏的不安。

千山磅礴的来势如压，谁敢相撼？但是云烟一起，庄重的山态便改了。雾来的日子，山变成一座座的列屿，在白烟的横波回澜里，载浮载沉。八仙岭果真化作了过海的八仙，时在波上，时在弥漫的云间。有一天早晨，举目一望，八仙和马鞍和远远近近的大小众峰，全不见了，偶尔云开一线，当头的鹿山似从天隙中隐隐相窥，去大埔的车辆出没在半空。我的阳台脱离了一切，下临无地，在汹涌的白涛上自由来去。谷中的鸡犬从云下传来，从敻远的人间。我走去更高处的联合书院上课，满地白云，师生衣袂飘然，都成了神仙。我登上讲坛说道，烟云都穿窗探首来旁听。

起风的日子，一切云云雾雾的朦胧氤氲全被拭净，水光山色，纤毫悉在镜里。原来对岸的八仙岭下，历历可数，有这许多山村野店，水浒人家。半岛的天气一日数变，风骤然而来，从海口长驱直入，脚下的山谷顿成风箱，抽不尽满壑的咆哮翻腾，蹂躏着罗汉松与芦草，掀翻海水，吐着白浪。风是一群透明的猛兽，奔踹而来，呼啸而去。

海潮与风声，即使撼天震地，也不过为无边的静加注荒情与野趣罢了。最令人心动而神往的，却是人为的骚音。从清早到午夜，一天四十多班，在山和海之间，敲轨而来，鸣笛而去的，是九广铁路的客车，货车，猪车。曳着黑烟的飘发，蟠蜿着十三节车厢的修长之躯，这些工业时代的元老级交通工具，仍有旧世界迷人的情调，非协和的超音速飞机所能比拟。山下的铁轨向北延伸，延伸着我的心弦。我的中枢神经，一日四十多次，任南下又北上的千只铁轮轮番敲打，用钢铁火花的壮烈节奏，提醒我，藏在谷底的并不是洞里桃源，住在山上，我亦非桓景，即使王粲，也不能不下楼去：

栏干三面压人眉睫是青山
碧螺黛迤逦的边愁欲连环
叠嶂之后是重峦，一层淡似一层
湘云之后是楚烟，山长水远
五千载与八万万，全在那里面……

花　鸟

客厅的落地长窗外，是一方不能算小的阳台，黑漆的栏杆之间，隐约可见谷底的小村，人烟暧暧。当初发明阳台的人，一定是一位乐观外向的天才，才会突破家居的局限，把一个幻想的半岛推向户外，向山和海，向半空晚霞和一夜星斗。

阳台而无花，犹之墙壁而无画，多么空虚。所以一盆盆的花，便从下面那世界搬了上来。也不知什么时候起，栏杆三面竟已偎满了花盆，但这种美丽的移民一点也没有计划，欧阳修所谓的“浅深红白宜相间，先后仍须次第栽”，是完全谈不上的。这么十几盆栽，有的是初来此地，不畏辛劳，挤三等火车抱回来的，有的是同事离开中大的遗爱，也有的，是买了车后供在后座带回来的。无论是什么来历，我们都一般看待。花神的孩子，名号不同，容颜各异，但迎风招展的神态都是动人的。

朝西一隅，是茎藤四延和栏杆已绸缪难解的紫藤，开的是一串串粉白带浅紫的花朵。右边是一盆桂苗，高只近尺，花时竟也有高洁清雅的异香，随风漾来。近邻是两盆茉莉和一盆玉兰。这两种香草虽不得列于《离骚》狂吟的芳谱，她们细腻而幽邃的远芬，却是我无力抵抗的。开窗的夏夜，她们的体香回泛在空中，一直远飘来书房里，嗅得人神摇摇而意惚惚，不能久安于座，总忍不住要推纱门出去，亲近亲近。比较起来，玉兰修长的白瓣香得温醇些，茉莉的丛蕊似更醉鼻餍心，总之都太迷人。

再过去是两盆海棠。浅红色的花，油绿色的叶，相配之下，别有一种民俗画的色调，最富中国韵味，而秋海棠叶的象征，从小已印在心头。其旁还有一盆铁海棠，虬蔓郁结的刺茎上，开出四瓣对称的深红小花。此花生命力最强，暴风雨后，只有他屹立不摇，颜色不改。再向右依次是绣球花，蟹爪兰，昙花，杜鹃。蟹爪兰花色洋红而神态凌厉，有张牙奋爪作势攫人之意，简直是一只花魔，令我不敢亲近。昙花已经绽过三次，一次还是双葩对开，真是吉夕素仙。夏秋之间，一夕盛放，皎白的千层长瓣，眼看她恣纵迅疾地层开，幽幽地吐出粉黄娇嫩的簇蕊，却像一切奇迹那样，在目迷神眩的异光中，甫启即闭了。一年含蓄，只为一夕的挥霍，大概是芳族之中最羞涩最自谦最没有发表欲的一姝了。

在这些空中半岛，啊不，空中花园之上，我是两园丁之一，专掌浇水，每日夕阳沉山，便在晚霞的浮光里，提一把白柄蓝身的喷水壶，向众芳施水。另一位园丁当然是阳台的女主人，专司杀虫施肥，修剪枝叶，翻掘盆土。有时蓓蕾新发，野雀常来偷食，我就攘臂冲出去，大声驱逐。而高台多悲风，脚下那山谷只敞对海湾，海风一起，便成了老子所谓“虚而不屈，动而愈出”的一具风箱。于是便轮到我一盆盆搬进屋来。寒流来袭，亦复如此。女园丁笑我是陶侃运甓。美，也是有代价的。

无风的晴日，盆花之间常依偎一只白漆的鸟笼。里面的客人是一只灰翼蓝身的小鹦鹉，我为它取名蓝宝宝。走近去看，才发现翅膀不是全灰，而是灰中间白，并带一点点蓝：颈背上是一圈圈的灰纹，两翼的灰纹则弧形相掩，饰以白边，状如鱼鳞。翼尖交叠的下面，伸出修长几近半身的尾巴，毛色深孔雀蓝，常在笼栏边拂来拂去。身体的细毛蓝得很轻浅，很飘逸。胸前有一片白羽，上覆浑圆的小蓝点，点数经常在变，少则两点，长全时多至六点，排成弧形，像一条项链。

蓝宝宝的可爱，不止外貌的娇美。如果你有耐性，多跟它做一会伴，就会发现它的语言天才。它参加我们的生活成为最受宠爱的“小家人”才半年，韩惟全由美游港，在我们家小住数日，首先发现它在牙牙学语，学我们的人语。起先我们不信，以为它时发时歇的咿唔唼喋，不过是禽类的哓哓自语，无意识的饶舌罢了。经惟全一提醒，蓝宝宝的断续鸟语，在侧耳细听之下，居然有点人话的意思。只是有时嗫嚅吞吐，似是而非，加以人腔鸟调，句读含混不清，那意境在人禽之间，恐怕连公冶长再世，也难以体会，更无论圣芳济各了。

幸运的时候，蓝宝宝会吐出三两个短句：“小鸟过来”，“干什么”，“知道了”，“臭鸟不乖”，还有节奏起伏的“小鸟小鸟小小鸟”。小小曲喙的发音设备，毕竟和人嘴不可“同日而语”，所以人语的唇音齿音等等，蓝宝宝虽有娓娓巧舌，仍是摹拟难工的。听说要小鹦鹉认真学话，得先施以剪舌的手术，剪了之后就不会那么“大舌头”了。此举是否见效，我不知道，但为了推行人语而违反人道，太无聊也太残忍了，我是绝对不肯的。无所不载无所不容的这世界，属于人，也属于花、鸟、虫、鱼：人类之间，禁止别人发言或强迫人人千口一词，也就够威武的了，又何必向禽兽去行人政呢？因此，盆中的铁海棠，女园丁和我都任其自然，不加扭曲，而蓝宝宝呢，会讲几句人话，固然能取悦于人，满足主人的虚荣心，我们也任其自由发展，从不刻意去教它。写到这里，又听见蓝宝宝在阳台上叫了。不过这一次它是和外面的野雀呼应酬答，是在鸟语。

那样的啁啾，该是羽类的世界语吧。而无论蓝宝宝是在阳台上或是屋里，只要左近传来鸠呼或雀噪，它一定脆音相应，一逗一答，一呼一和，旁听起来十分有趣，或许在飞禽的世界里，也像人世一样，南腔北调，有各种复杂的方言，可惜我们莫能分辨，只好一概称为鸟语。

平时说到鸟语，总不免想起“生生燕语明如翦，呖呖莺声溜的圆”之类的婉婉好音，绝少想到鸟语之中，也有极其可怖的一类。后来参观底特律的大动物园，进入了笼高树密的鸟苑，绿重翠叠的阴影里，一时不见高栖的众禽，只听到四周怪笑吃吃，惊叹咄咄，厉呼磔磔，盈耳不知究竟有多少巫师隐身在幽处施法念咒，真是听觉上最骇人的一次经验。看过希区柯克的惊悚片《鸟》，大家惊疑之余，都说真想不到鸟类会有这么“邪恶”。其实人类君临这个世界，品尝珍馐，饕餮万物，把一切都视为当然，却忘了自己经常捕囚或烹食鸟类的种种罪行有多么残忍了。兀鹰食人，毕竟先等人自毙；人食乳鸽，却是一笼一笼地蓄意谋杀。

想到此地，蓝光一闪，一片青云飘在我的肩上，原来是有人把蓝宝宝放出来了。每次出笼，它一定振翅疾飞，在屋里回翔一圈，然后栖在我肩头或腕际。我的耳边、颈背、颊下，是最爱来依偎探讨的地方。最温驯的时候，它会憩在人的手背，低下头来，用小喙亲吻人的手指，一动也不动地，讨人欢喜。有时它更会从嘴里吐出一粒“雀粟”来，邀你共享，据说这是它表示友谊的亲切举动，但你尽可放心，它不会强人所难的，不一会，它又径自啄回去了。有时它也会轻咬你的手指头，并露出它可笑的花舌头。兴奋起来，它还会不断地向你磕头，颈毛松开，瞳仁缩小，嘴里更是呢呢喃喃，不知所云。不过所谓“小鸟依人”，只是片面的，只许它来亲人，不许你去抚它。你才一伸手，它立刻回过身来面对着你，注意你的一举一动，不然便是蓝羽一张，早已飞之冥冥。

不少朋友在我的客厅里，常因这一闪蓝云的猝然降临而大吃一惊。女作家心岱便是其中的一位。说时迟那时快，蓝宝宝华丽的翅膀一收，已经栖在她手腕上了。心岱惊神未定，只好强自镇静，听我们向她夸耀小鸟的种种。后来她回到台北，还在《联合副刊》发表《蓝宝》一文，以记其事。

我发现，许多朋友都不知道养一只小鹦鹉有多么有趣，又多么简单。小鹦鹉的身价，就它带给主人的乐趣说来，是非常便宜的。在台湾，每只约售六七十元，在香港只要港币六元，美国的超级市场里也常有出售，每只不过五六元美金。在丹佛时，我先后养过四只，其中黄底灰纹的一只毛色特别娇嫩，算是珍品，则是花十五元美金买来的。买小鹦鹉时，要注意两件事情。年龄要看额头和鼻端，额上黑纹愈密，鼻上色泽愈紫，则愈幼小，要买，当然要初生的稚婴，才容易和你亲近。至于健康呢，则要翻过身来看它的肛门，周围的细白绒毛要干，才显得消化良好。小鹦鹉最怕泻肚子，一泻就糟。

此外的投资，无非是一只鸟笼，两枝栖木，一片鱼骨，和极其迷你的水缸粟钵而已。鱼骨的用场，是供它啄食，以吸取充分的钙质。那么小的肚子，耗费的粟量当然有限，再穷的主人也供得起的。有时为了调剂，不妨喂一点青菜和果皮，让它啄三五口，也就够了。熟了以后，可以放出笼来，任它自由飞憩，不过门窗要小心关好，否则它爱向亮处飞，极易夺门而去。我养过的近十头小鹦鹉之中，就有两头是这么无端飞掉的。有了这种伤心的教训，我只在晚上才敢把鸟放出笼来。

小鸟依人，也会缠人，过分亲狎之后，也有烦恼的。你吃苹果，它便飞来奇袭，与人争食。你特别削一小片喂它，它只浅尝三两口，仍纵回你的口边，定要和你分享大块。你看报，它便来嚼食纸边，吃得津津有味。你写字呢，它便停在纸上，研究你写些什么，甚至以为笔尖来回挥动是在逗它玩乐，便来追咬你的笔尖。要赶它回笼，可不容易。如果它玩得还未尽兴，则无论你如何好言劝诱或恶声威胁，都不能使它俯首归心。最后只有关灯的一招，在黑暗里，它是不敢飞的。于是你伸手擒来，毛茸茸软温温的一团，小心脏抵着你的手心猛跳，吱吱的抗议声中，你已经把它置回笼里。

蓝宝宝是大埔的菜市上六元买来的，在我所有的“禽缘”里，它是最乖巧可爱的一只，现在，即使有谁出六千元，我也不肯舍弃它的。前年夏天，我们举家回台北去，只好把蓝宝宝寄在宋淇府上，劳宋夫人做了半个月的“鸟妈妈”。记得交托之时，还郑重其事，拟了一张“养鸟须知”的备忘录，悬于笼侧，文曰：

一、小米一钵，清水半缸，间日一换，不食烟火，俨然羽仙。

二、风口日曝之处，不宜放置鸟笼。

三、无须为鸟沐浴，造化自有安排。

四、智商仿佛两岁稚婴。略通人语，颇喜传讹。闺中隐私，不宜多言，慎之慎之。

娓娓与喋喋

不知道我们这一生究竟要讲多少句话？如果有一种电脑可以统计，像日行万步的人所带的计步器那样，我相信其结果必定是天文数字，其长，可以绕地球几周，其密，可以下大雨几场。情形当然因人而异。有人说话如参禅，能少说就少说，最好是不说，尽在不言之中。有人说话如嘶蝉，并不一定要说什么，只是无意识的口腔运动而已。说话，有时只是掀唇摇舌，有时是为了表情达意，有时，却也是一种艺术。许多人说话只是避免冷场，并不要表达什么思想，因为他们的思想本就不多。至于说话而成艺术，一语而妙天下，那是可遇不可求：要记入《世说新语》或《约翰生传》才行。哲人桑塔耶纳就说："雄辩滔滔是民主的艺术；清谈娓娓的艺术却属于贵族。"他所指的贵族不是阶级，而是趣味。

最常见的该是两个人的对话。其间的差别当然是大极了。对象若是法官、医师、警察、主考之类，对话不但紧张，有时恐怕还颇危险，乐趣当然是谈不上的。朋友之间无所用心的闲谈，如果两人的识见相当，而又彼此欣赏，那是最快意的事了。如果双方的识见悬殊，那就好像下棋让子，玩得总是不畅。要紧的是双方的境界能够交接，倒不一定两人都有口才，因为口才宜于应敌，却不宜用来待友。甚至也不必都能健谈：往往一个健谈，一个善听，反而是最理想的配合。可贵的在于共鸣，不，在于默契。真正的知己，就算是脉脉相对，无声也胜似有声：这情景当然也可以包括夫妻和情人。

这世界如果尽是健谈的人，就太可怕了。每一个健谈的人都需要一个善听的朋友，没有灵耳，巧舌拿来做什么呢？英国散文家海斯立德说："交谈之道不但在会说，也在会听。"在公平的原则下，一个人要说得尽兴，必须有另一个人听得入神。如果说话是权利，听话就是义务，而义务应该轮流负担。同时，仔细听人说话，轮到自己说时，才能充分切题。我有一些朋友，迄未养成善听人言的美德，所以跟人交谈，往往像在自言自语。凡是音乐家，一定先能听音辨声，先能收，才能发。仔细听人说话，是表示尊敬与关心。善言，能赢得听众。善听，才赢得朋友。

如果是几个人聚谈，又不同了。有时座中一人侃侃健谈，众人睽睽恭听，那人不是上司、前辈，便是德高望重，自然拥有发言权，甚至插口之权，其他的人就只有斟酒点烟、随声附和的份了。有时见解出众、口舌便捷的人，也能独揽话题，语惊四座。有时座上有二人焉，往往是主人与主客，一来一往，你问我答，你攻我守，左右了全席谈话的大势，也能引人入胜。

最自然也是最有趣的情况，乃是滚雪球式。谈话的主题随缘而转，愈滚愈大，众人兴之所至，七嘴八舌，或轮流坐庄，或旁白助阵，或争先发言，或反复辩难，或怪问乍起而举座愕然，或妙答迅接而哄堂大笑，一切都是天机巧合，甚至重加排练也不能再现原来的生趣。这种滚雪球式，人人都说得尽兴，也都听得入神，没有冷场，也没有冷落了谁，却有一个条件，就是座上尽是老友，也有一个缺点，就是良宵苦短，壁钟无情，谈兴正浓而星斗已稀。日后我们怀念故人，那一景正是最难忘的高潮。

众客之间若是不顶熟稔，雪球就滚不起来。缺乏重心的场面，大家只好就地取材，与邻座不咸不淡地攀谈起来，有时兴起，也会像旧小说那样“捉对儿厮杀”。这时，得凭你的运气了。万一你遇人不淑，邻座远交不便，近攻得手，就守住你一个人恳谈、密谈。更有趣的话题，更壮阔的议论，正在一米外热烈展开，也许就是今晚最生动的一刻；明知你真是冤枉，错过了许多赏心乐事，却不能不收回耳朵，面对你的不芳之邻，在表情上维持起码的礼貌。其实呢，你恨不得他忽然被鱼刺鲠住。这种性好密谈的客人，往往还有一种恶习，就是名副其实地交头接耳，似乎他要郑重交代的，句句都是肺腑之言，恨不得回其天鹅之颈，伸其长蛇之舌，来舔你的鼻子，哎呀，真的是tête-à-tête还不够，必得nose-to-nose才满足。你吓得闭气都来不及了，哪里还听得进什么肺腑之言？此人的肺腑深深深几许，尚不得而知，他的口腔是怎么一回事，早已有各种菜味，酸甜苦辣地向你来告密了。至于口水，更是不问可知，早已泽被四方矣，谁教你进入它的射程呢？

聚谈杂议，幸好不是每次都这么危险。可是现代人的生活节奏毕竟愈来愈快，无所为的闲谈、雅谈、清谈、忘机之谈几乎是不可能了。“偶然值林叟，谈笑无还期。”在一切讲究效率的工业社会，这种闲逸之情简直是一大浪费。刘禹锡但求无丝竹之扰耳，其实丝竹比起现代的流行音乐来，总要清雅得多。现代人坐上计程车、火车、长途汽车，都难逃噪音之害，到朋友家去谈天吧，往往又有孩子在看电视。饭店和咖啡馆而能免于音乐的，也很少见了。现代生活的一大可恼，便是经常横被打断，要跟二三知己促膝畅谈，实在太难。

剩下的一种谈话，便是跟自己了。我不是指出声的自言自语，而是指自我的沉思默想。发现自己内心的真相，需要性格的力量。唯勇者始敢单独面对自己；唯智者才能与自己为伴。一般人的心灵承受不了多少静默，总需要有一点声音来解救。所以卡莱尔说：“语言属于时间，静默属于永恒。”可惜这妙念也要言诠。

樵夫的烂柯

一月初去新加坡参加“国际华文文艺营”，见到萧乾先生。他感叹说，新加坡变得简直认不出来了，四十年前他路过的新加坡，哪有今天这么繁荣。

其实一切变化的感觉，都是相对的。萧乾之有今昔之感，也许不全是因为新加坡变得太快，而是因为三十多年来中国的大陆在这方面没有变化，非但不变，有时还往后倒退的缘故。换了是香港人或者台湾人，因为本身变得也快，对于这种速变、骤变的感叹，自然要淡得多。

山中一日，世上千年。从大陆出来海外的人，个个都有此感。不免令人想起中国的传说：樵夫入山，见人据石对弈，从而观之，棋局未终，视手中斧，其柯已烂。要换一柄新斧，虽然不必千年，却也不止一日。所以西谚说：“时间即金钱。”

仔细想来，这说法大有问题。因为钱可以省下来，存起来，留待他日之用，还可以生利息。时间，却不能如此。

我们不能把闲暇存在盒子里，到忙的时候才拿出来使用。学生不能说："今天是星期天，反正我闲着，不如什么事也不做，把今日存起来，等到联考那一天再用；这样，我就比别人从容得多了。"田径选手也不能说："让我现在存十秒钟下来，加到我出赛的那一天；这样，在最紧要的那一分钟，我就有七十秒可用。"钱，可以存在银行里。时间这种新鲜而又名贵的水果，却无冰箱可藏。及时而不吃，它就烂了。

神话里的力士鲁阳，和韩构交战，胜负未分而日将西沉。鲁阳举戈向天一挥，落日为之倒退，让双方继续交手。这是对时间威胁。李白则说："吾欲揽六龙，回车挂扶桑。北斗酌美酒，劝龙各一觞。"这是对时间贿赂。其实，时间这家伙顽固得不近人情，威迫和利诱都动不了的。

时间跟金钱还有一点不同：时间之来有一定的顺序，钱则不必。过去的时间有如冥钞，未来的时间有如定期支票，你只能使用手头的时间，因为只有"现在"才是现款。钱不但可以存，也可以借。时间则不可。你不能向自己的未来借时间，使忙碌的今天变成四十八小时，然后到明年少过一天；也不能对好朋友说："老兄反正没事，不如暂时退出时间，借我一个钟头，让我好赶飞机。下礼拜我闲了再还你。要利息？可以，我还你七十分钟好了。"

如果我们用时间可以不按次序，就太好了。我们不妨先过中年，再过少年，那样一来，许多愚蠢的事情就可以躲过了：也许就不必离婚，或者对父母会孝顺一点。如果能先过老年再过中年，也许会吃得少些，运动得多些，对职业的选择也聪明一些。看到许多豪杰之士晚境苍凉，我常想，人生为什么不倒过来呢？为什么没有一个国度，让我们出世的时候做老人，然后一生逐渐返老还童，到小得不能再小的时候，就一一白日升天而去，或者在摇篮里一一失踪。这样，悲观哲学将不流行。你会在糖果店里看见一群彼此有五十年交情的小朋友，取笑从前你戴氧气罩、我滴盐水针的情景。也许小朋友心机单纯，记不得那么久的往事，那也可以在似曾相识、人我两忘的混沌之中牵着手唱歌，唱五十年前的旧歌。

这一切当然都只是幻想。还是俗语说得好：“寸金难买寸光阴。”能买的最多是一只瑞士名表。

谁能叫世界停止三秒

如果镜子是无心的相机，所以健忘，那么相机就是多情的镜子，所以留影。这世界，对镜子只是过眼云烟，但是对相机却是过目不忘。如果当初有幸映照海伦的镜子是一架相机，我们就有福像希腊的英雄，得以餍足传说的绝色了。可怜古人，只能对着镜子顾影自怜，即使纳西瑟斯（Narcissus），也不过临流自恋，哪像现代人这样，自怜起来，总有千百张照片，不，千百面镜子，可供顾影。

在忙碌的现代社会，谁能叫世界停止三秒钟呢？谁也不能，除了摄影师。一张团体照，先是为让座扰攘了半天，好不容易都各就各位，后排的立者不是高矮悬殊，就是左右失称，不然就是谁的眼镜反光，或是帽穗不整，总之是教摄影师看不顺眼，要叫阵一般呼喝纠正。大太阳下，或是寒风之中，一连十几分钟，管你是君王还是总统，谁能够违背掌控相机的人呢？

“不要动！”

最后的一道命令有绝对的权威。谁敢动一根睫毛，做害群之马呢？这一声呼喝的威慑，简直像美国的警察喝止逃犯：Freeze！真吓得众人决眦裂眶，笑容僵硬，再三吩咐Say cheese也没用。相片冲出来了，一看，美中不足，总有人反应迟缓，还是眨了眼睛。人类正如希腊神话的百眼怪物阿格斯（Argus），总有几双眼睛是闭目养神的。

排排坐，不为吃果果，却为照群相。其结果照例是单调而乏味。近年去各地演讲，常受镁光闪闪的电击，听众轮番来合影，更成了“换汤不换药”的场面，久之深尝为药之苦。笑容本应风行水上，自然成纹，一旦努力维持，就变成了假面，沦为伪善。久之我竟发明了一个应战的新招。

摄影师在要按快门之前，照例要喊“一——二——三！”这老招其实并不管用，甚至会帮倒忙，因为喊“一——二——”的时候，“摄众”已经全神戒备，等到喊“三——”表情早已呆滞，而笑容，如果真有的话，也早因勉强延长而开始僵化。所以群照千篇一律，总不免刻板乏味。

因此近年我接受摄影，常要对方省掉这记旧招，而改为任我望向别处，只等他一声叫“好！”我就蓦然回首，注视镜头。这样，我的表情也好，姿势也好，都是新的，即使笑容也是初绽。在一切都还来不及发呆之前，快门一闪，刹那早已成擒。

摄影，是一门艺术吗？当然是的。不过这门艺术，是神做一半，人做一半。对莫奈来说，光，就是神。蒙鸿之初，神日，天应有光，光乃生。断霞横空，月影在水，哲人冥思，佳人回眸，都是已有之景，已然之情，也就是说神已做了一半。但是要捕永恒于刹那，擒光影于恰好，还有待把握相机的高手。当奇迹发生，你得在场，你的追光宝盒得在手边，一掏便出，像西部神枪手那样。

阿富汗少女眼瞳奋睁的神色，既惊且怒，在《国家地理杂志》的封面上，瞪得全世界背脊发毛，良心不安，谨此一瞥，比起阿富汗派遣能言善辩的外交官去联合国控诉，更为有力，更加深刻，更像一场眼睁睁的梦魇。但是那奇迹千载难逢，一瞥便逝，不容你喊什么“一——二——三！”

其实摄影要成为艺术，至少成为终生难忘的纪念，镜头面前的受摄人，有时，也可以反客为主，有所贡献的，不论端坐或肃立，正面而又正色的人像，实在太常见了，为什么不照侧面或背影呢？今日媒体这么发达，记者拍照，电视摄影，久矣我已习于镜头的瞪视。记者成了业余导演，一会儿要我坐在桌前做写诗状，一会儿又要我倚架翻书；到了户外，不是要我独步长廊，便是要我憩歇在菩提树下，甚至伫立在堤上，看整座海峡在悲怆的暮色里把落日接走。我成了一个半吊子的临时演员，在自己的诗境里进进出出。久之我会选择背景，安排姿势，或出其不意地回头挥手。

有一年带中山大学的学生去南非交流，到了祖鲁族的村落，大家都争与土著并立合影。我认为那样太可惜了，便请一位祖鲁战士朝我挥戈，矛尖直指我咽喉，我则举手护头，做危急状。

一九八一年大陆开放不久，辛笛与柯灵随团去香港，参加中文大学举办的“四〇年代文学研讨会”。辛笛当年出过诗集《手掌集》，我就此书提出一篇论文，因题生题。就叫《试为辛笛看手相》，大家觉得有趣。会后晚宴，摄影师特别为我与辛笛先生合照留念。突然我把他的右手握起，请他摊开掌心，任我指指点点，像是在看手相。辛笛大悦，众人大笑。

有一次在西子湾，钟玲为获得文学大奖宴请系上的研究生，餐后师生轮流照相。何瑞莲与郑淑锦，一左一右，正要和我合影，忽然我的两肩同受压力，原来是瑞莲的右肘和淑锦的左臂一齐搁了上来。她们是见机即兴，还是早有阴谋，我不知道。总之这一招奇袭，令平日保守的师生一惊，一笑，并且为我家满坑满谷的照片添了有趣的一张。那天阳光颇艳，我戴了一副墨镜，有人看到照片，说我像个黑道大哥。

上个月回去中文大学，许云娴带我去新亚书院的新景点“天人合一”。她告诉我，金耀基校长夸称此乃香港第二景，人间第一景何在，金耀基笑曰：“尚未发现。”我们走近“天人合一”，只觉水光潋滟，一片空明，怎么吐露港波满欲溢，竟然侵到校园的崖边来了？正感目迷神荡，惊疑未定，云娴笑说“且随我来”，便领我向空明走去。这才发现，原来崖边是一汪小池，泓澄清澈，远远看过来，竟有与海相接的幻觉。人工巧接天然，故云“天人合一”。一条小径沿着悬崖绕到池后，狭险之极。大家轮流危立在径道上，背海面池照起相来。轮到我时，我便跪了下来，把下巴搁在池边。照片冲出来后，只见我的头颅浮在浩淼之上，朋友乍见，一时都愕然不解。

人生一世，贪嗔兼痴，自有千般因缘，种种难舍。雪泥鸿爪，谁能留得住，记得清呢？记日记吗，太耗时了。摄影，不但快速，而且巨细不遗，倒是方便得多。黄金分割的一小块长方形，是一整个迷幻世界，容得下你的亲人、情人、友人；而更重要的，是你，这世界的主角，也在其中。王尔德说他一生最长的罗曼史，便是自恋。所以每个人都有无数的照片，尤其是自己的倩影。孙悟空可以吹毛分身，七十二变。现代摄影分身，何止七十二变呢？家家户户，照片泛滥成灾。是必然的。

这种自恋的罗曼史，不像日记那样只堪私藏，反要公开炫耀才能满足。主人要享炫耀之乐，客人就得尽观赏之责。几张零照倒不足畏，最可畏的，是主人隆而重之，抱出好几本相簿来飨客。眼看这展示会，餐罢最后的一道甜点，一时是收不了的了，客人只好深呼吸以迎战，不仅凝眸细赏，更要啧啧赞叹。如果运气好，主人起身去添茶或听电话，客人便可乘机一下子多翻几页。

一人之自恋，他人之疲倦。话虽如此，敝帚仍然值得自珍。我家照片泛滥，相簿枕藉，上万张是一定的，好几万也可能。年轻时照得太少，后来照得太多，近年照的有不少实在多余。其中值得珍藏并对之怀旧甚至怀古的，也该有好几百张。身为人子、人夫、人父、人祖、人友、人师，那些亲友与宝贝学生的照片当然最为可贵，但身为诗人，有两张照片，特别值得一提。

第一张是群照，摄于一九六一年初。当时我英译的《中国新诗选》在香港出版，美国驻台北领事馆办了一个茶会庆祝，邀请入选的诗人参加，胡适与罗家伦更以新文学前辈的身份光临。胡适并且是新诗的开山祖，会上免不了应邀致词，用流利的英语，从追述新诗的发轫到鼓励后辈的诗人，说了十分钟话。有些入选的诗人，如痖弦、阮囊、向明，那天未能出席，十分可惜。但上照的仍为多数，计有纪弦、钟鼎文、覃子豪、周梦蝶、夏菁、罗门、蓉子、洛夫、郑愁予、叶珊和我，共为十一人。就当年而言，大半个诗坛都在其中了。

前排左起：郑愁予、罗家伦、覃子豪、胡适、庄来德夫人、余光中、余光中夫人、蓉子、夏菁夫人

后排左起：夏菁、钟鼎文、美大使庄来德、纪弦、罗门、叶珊、周梦蝶、洛夫

另一张是我和弗罗斯特的合照，摄于一九五九年。当时我三十一岁，老诗人已经八十五了。他正面坐着，我则站在椅后，斜侍于侧。老诗人鬓发皆白，似在冥想，却不很显得龙钟。他手握老派的派克钢笔，正应我之请准备在我新买的《弗罗斯特诗集》上题字。我心里想的，是眼前这一头银丝，若能偷得数缕，回去分赠给台湾的诗友，这大体可是既轻又重啊。

与诗人弗罗斯特合照

这张合照经过放大装框，高踞我书房的架顶，久已成了我的“长老缪思”；也是我家四个女儿“耳熟能详”的艺术图腾，跟凡·高、王尔德、披头士一样。只有教美国诗到弗罗斯特时，才把他请下架来，拿去班上给小他一百一十岁的学生传观，使他们惊觉，书上的大诗人跟他们并非毫无关系。

胡适逝于一九六二，弗罗斯特逝于翌年。留下了照片，虽然不像留下了著作那么重要，却也是另一方式的传后，令隔代的读者更感亲切。从照片上看，翩翩才子的王尔德实在嫌胖了，不像他的警句那么锋芒逼人，不免扫兴。我常想，如果孔子真留下一张照片，我们就可以仔细端详，圣人究竟是什么模样，难道真如郑人所说，“累累若丧家之狗”？中国的历史太长，古代的圣贤豪杰不要说照片了，即连画像也非当代的写真。后世画家所作的画像，该是依据古人的人品或风格揣摩而来，像梁楷的《太白行吟图》与苏六朋的《太白醉酒图》，虽为逸品，却是写意。杨荫深编著的《中国文学家列传》，五百二十人中附画像的约有五分之一，可是面貌往往相似，不出麻衣相法的典型脸谱，望之令人发笑。

英国工党的托尼·本恩（Tony Benn）有一句名言：“人生的遭遇，大半是片断的欢乐换来终身的不安；摄影，却是片刻的不安换来终身的欢乐。”难怪有那么多发烧的摄影迷不断地换相机，装胶卷，睁一眼，闭一眼，镁光闪闪，快门刷刷，明知这世界不断在逃走，却千方百计，要将它留住。

假如我有九条命

假如我有九条命，就好了。

一条命，就可以专门应付现实的生活。苦命的丹麦王子说过：既有肉身，就注定要承受与生俱来的千般惊扰。现代人最烦的一件事，莫过于办手续；办手续最烦的一面莫过于填表格。表格愈大愈好填，但要整理和收存，却愈小愈方便。表格是机关发的，当然力求其小，于是申请人得在四根牙签就塞满了的细长格子里，填下自己的地址。许多人的地址都是节外生枝，街外有巷，巷中有弄，门牌还有几号之几，不知怎么填得进去。这时填表人真希望自己是神，能把须弥纳入芥子，或者只要在格中填上两个字：“天堂”。一张表填完，又来一张，上面还有密密麻麻的各条说明，必须皱眉细阅。至于照片、印章，以及各种证件的号码，更是缺一不可。于是半条命已去了，剩下的半条勉强可以用来回信和开会，假如你找得到相关的来信，受得了邻座的烟熏。

一条命，有心留在台北的老宅，陪伴父亲和岳母。父亲年逾九十，右眼失明，左眼不清。他原是最外倾好动的人，喜欢与乡亲契阔谈宴，现在却坐困在半昧不明的寂寞世界里，出不得门，只能追忆冥隔了二十七年的亡妻，怀念分散在外地的子媳和孙女。岳母也已过了八十，五年前断腿至今，步履不再稳便，却能勉力以蹒跚之身，照顾旁边的朦胧之人。她原是我的姨母，家母亡故以来，她便迁来同住，主持失去了主妇之家的琐务，对我的殷殷照拂，情如半母，使我常常感念天无绝人之路，我失去了母亲，神却再补我一个。

一条命，用来做丈夫和爸爸。世界上大概很少全职的丈夫，男人忙于外务，做这件事不过是兼差。女人做妻子，往往却是专职。女人填表，可以自称“主妇”（housewife），却从未见过男人自称“主夫”（house husband）。一个人有好太太，必定是天意，这样的神恩应该细加体会，切勿视为当然。我觉得自己做丈夫比做爸爸要称职一点，原因正是有个好太太。做母亲的既然那么能干而又负责，做父亲的也就乐得“垂拱而治”了。所以我家实行的是总理制，我只是合照上那位俨然的元首。四个女儿天各一方，负责通信、打电话的是母亲，做父亲的总是在忙别的事情，只在心底默默怀念着她们。

一条命，用来做朋友。中国的“旧男人”做丈夫虽然只是兼职，但是做起朋友来却是专任。妻子如果成全丈夫，让他仗义疏财，去做一个漂亮的朋友，“江湖人称小孟尝”，便能赢得贤名。这种有友无妻的作风，“新男人”当然不取。不过新男人也不能遗世独立，不交朋友。要表现得“够朋友”，就得有闲、有钱，才能近悦远来。穷忙的人怎敢放手去交游？我不算太穷，却穷于时间，在“够朋友”上面只敢维持低姿态，大半仅是应战。跟身边的朋友打完消耗战，再无余力和远方的朋友隔海越洲，维持庞大的通讯网了。演成近交而不远攻的局面，虽云目光如豆，却也由于鞭长莫及。

一条命，用来读书。世界上的书太多了，古人的书尚未读通三卷两帙，今人的书又汹涌而来，将人淹没。谁要是能把朋友题赠的大著通通读完，在斯文圈里就称得上是圣人了。有人读书，是纵情任性地乱读，只读自己喜欢的书，也能成为名士。有人呢是苦心孤诣地精读，只读名门正派的书，立志成为通儒。我呢，论狂放不敢做名士，论修养不够做通儒，有点不上不下。要是我不写作，就可以规规矩矩地治学；或者不教书，就可以痛痛快快地读书。假如有一条命专供读书，当然就无所谓了。

书要教得好，也要全力以赴，不能随便。老师考学生，毕竟范围有限，题目有形。学生考老师，往往无限又无形。上课之前要备课，下课之后要阅卷，这一切都还有限。倒是在教室以外和学生闲谈问答之间，更能发挥“人师”之功，在“教”外施“化”。常言“名师出高徒”，未必尽然。老师太有名了，便忙于外务，席不暇暖，怎能即之也温？倒是有一些老师“博学而无所成名”，能经常与学生接触，产生实效。

另一条命应该完全用来写作。台湾的作家极少是专业，大半另有正职。我的正职是教书，幸而所教与所写颇有相通之处，不至于互相排斥。以前在台湾，我日间教英文，夜间写中文，颇能并行不悖。后来在香港，我日间教三十年代文学，夜间写八十年代文学，也可以各行其是。不过艺术是需要全神投入的活动，没有一位兼职然而认真的艺术家不把艺术放在主位。鲁本斯任荷兰驻西班牙大使，每天下午在御花园里作画。一位侍臣在园中走过，说道：“哟，外交家有时也画几张画消遣呢。”鲁本斯答道：“错了，艺术家有时为了消遣，也办点外交。”陆游诗云：“看渠胸次隘宇宙，惜哉千万不一施。空回英概入笔墨，生民清庙非唐诗。向令天开太宗业，马周遇合非公谁？后世但作诗人看，使我抚几空嗟咨。”陆游认为杜甫之才应立功，而不应仅仅立言，看法和鲁本斯正好相反。我赞成鲁本斯的看法，认为立言已足自豪。鲁本斯所以传后，是由于他的艺术，不是他的外交。

一条命，专门用来旅行。我认为没有人不喜欢到处去看看：多看他人，多阅他乡，不但可以认识世界，亦可以认识自己。有人旅行是乘豪华邮轮，谢灵运再世大概也会如此。

有人背负行囊，翻山越岭。有人骑自行车环游天下。这些都令我羡慕。我所优为的，却是驾车长征，去看天涯海角。我的太太比我更爱旅行，所以夫妻两人正好互作旅伴，这一点只怕徐霞客也要艳羡。不过徐霞客是大旅行家、大探险家，我们，只是浅游而已。

最后还剩一条命，用来从从容容地过日子，看花开花谢，人往人来，并不特别要追求什么，也不被“截止日期”所追迫。

一笑人间万事

王尔德的喜剧《不可儿戏》六月底在香港大会堂一连演了十四场，场场满座，观众无不“绝倒”。我身为此剧的中文译者，除了对杨世彭的导演艺术衷心佩服之外，更触发下面的一些感想。

鲁迅说得好：悲剧是把有价值的东西毁灭给人看，喜剧则是把无价值的东西毁灭给人看。什么是无价值的东西呢？在王尔德的喜剧里，那就是人性的基本弱点，例如虚伪、虚荣、矛盾、自私等等，而不是特定的阶级、政党、行业，或性别。讽刺人性的喜剧似乎不如讽刺某时某地社会现象的喜剧来得写实，可是在某时某地之外，往往更为普及而耐久。王尔德那种无中生有的妙语，无所不刺的笑话，在九十年后的地球背面，仍能凭空教中国的观众放松了面肌，运动了横膈膜，而尽一夕之欢。

惹笑未必是喜剧的最终目的，但是一出不惹人笑或是笑不尽兴的喜剧却是一大失败。那样尴尬的场面真教观众无趣，演员无兴，导演面上无光。笑，未必是对艺术最深刻的反应，但这种反应最为自然，最做不得假。要把几百个颇有见识的观众逗得失声发笑，哄堂大笑，而又笑声不断，绝非易事。台上妙语如珠，台下笑声成潮，这时你会觉得：这出戏是台下和台上合作演成的。喜剧惹笑，等于提前鼓掌，最令演员增加信心，提高士气。在这种气氛中加入笑阵的台下人，更感到人同此心、与众共欢的快意。

梅尔维尔在《白鲸》里说：“面对一切荒谬，最聪明最方便的答复，便是大笑。”孟肯在《偏见集》里也说：“一声豪笑抵得过一万句推理。豪笑一声，不但更有效果，也更有智慧。”

王尔德的喜剧无中生有地创出了许多荒谬而有趣的对话，表达了许多荒谬而有趣的念头，出乎观众意料，却入于艺术趣味，反常之中竟似合道。男人有意独身，通常予人克己禁欲之感。在《不可儿戏》里，劳小姐（一位老处女）却对蔡牧师说：“我的好牧师，你似乎还不明白，一个男人要是打定主意独身到底，就等于变成了永远公开的诱惑。男人应该小心一点：使脆弱的异性迷路的，正是单身汉。”说到此地，台下的观众无不失笑。

剧中人物杰克与亚吉能是一对难兄难弟的好朋友。杰克受挫于亚吉能的姨妈，气得大骂她是母夜叉，结论是：“她做了妖怪，又不留在神话里，实在太不公平……对不起，阿吉，也许我不该这么当面说你的姨妈。”亚吉能答道：“老兄，我最爱听人家骂我的亲戚了。只有靠这样，我才能忍受他们。”台下观众又是哄堂大笑。

最荒谬的妙语则出于“妖怪”巴夫人之口。她盘问未来的女婿杰克：“你双亲都健在吧？”杰克说：“我已经失去了双亲。”巴夫人说：“失去了父亲或母亲，华先生，还可以说是不幸；双亲都失去了，就未免太大意了。”对此，观众报以最响的笑声。

台下的笑声，谁也不能控制，甚至不能逆料。有些地方导演和我都觉得好笑，台下却放过不笑。杰克对巴夫人控诉亚吉能招摇撞骗，巴夫人听完诉辞之后惊答：“做人不诚实！我的外甥亚吉能？绝对不可能！他是牛津毕业的。”最后一句当然可笑，却未激起台下的波纹。

妙语连珠而来，笑声迭浪而起，其间也有美中不足，令高明的导演与演员束手无策。在《不可儿戏》的第二幕，亚吉能看到西西丽在记日记，问她能不能让他看看内容，西西丽说：“哦，不可以。你知道，里面记录的不过是一个很年轻的女孩子私下的感想和印象，所以呢，是准备出版的。等到印成书的时候，希望你也邮购一本。”台下人听到“是准备出版的”时，因为逻辑逆转，悖乎常理，而且颠倒得十分有趣，不禁哄堂大笑。但是下一句也非常可笑，却在上一句引爆的笑声中给淹没了。演员又不能在台上僵住，等笑声退潮，再说下去。

《不可儿戏》在香港演出，纯用粤语。我真希望台湾有剧团能用国语来演。中文译本在台湾出版两年了，竟未引起若何反应，令译者相当失望。

你的耳朵特别名贵?

七等生的短篇小说《余索式怪诞》写一位青年放假回家，正想好好看书，对面天寿堂汉药店办喜事，却不断播放惑人的音乐。余索走到店里，要求他们把声浪放低，对方却以一人之自由不得干犯他人之自由为借口加以拒绝。于是余索成了不可理喻的怪人，只好落荒而逃，遁于山间。不料他落脚的寺庙竟也用扩音器播放如怨如诉的佛乐，而隔室的男女又猜拳嬉闹，余索忍无可忍，唯有走入黑暗的树林。

我对这位青年不但同情，简直认同，当然不是因为我也姓余，而是因为我也深知噪音害人于无形，有时甚于刀枪。噪音，是听觉的污染，是耳朵吃进去的毒药。叔本华一生为噪音所苦，并举歌德、康德、李克登堡等人的传记为例，指出凡伟大的作家莫不饱受噪音折磨。其实不独作家如此，一切需要思索，甚至仅仅需要休息或放松的人，皆应享有宁静的权利。有一种似是而非的论调，认为好静乃是听觉上的“洁癖”，知识分子和有闲阶级的“富贵病”。在这种谬见的笼罩之下，噪音的受害者如果向“音源”抗议，或者向第三者，例如警察吧，去申冤投诉，一定无人理会。“人家听得，你听不得？你的耳朵特别名贵？”是习见的反应。所以制造噪音乃是社会之常态，而干涉噪音却是个人之变态，反而破坏了邻里的和谐，像余索一样，将不见容于街坊。诗人柯伯（William Cowper）说得好：

吵闹的人总是理直气壮。

其实，不是知识分子难道就不怕吵吗？《水浒传》里的鲁智深总是大英雄了吧，却也听不得垂杨树顶群鸦的聒噪，在众泼皮的簇拥之下，一发狠，竟把垂杨连根拔起。

叔本华在一百多年前已经这么畏惧噪音，我们比他“进化”了这么多年，噪音的势力当然是强大得多了。七等生的《余索式怪诞》刊于1975年，可见那时的余索已经无所逃于天地之间。十年以来，我们的听觉空间只有更加脏乱。无论我怎么爱台湾，我都不能不承认台北已成为噪音之城，好发噪音的人在其中几乎享有无限的自由。人声固然百无禁忌，狗声也是百家争鸣：狗主不仁，以左邻右舍为刍狗。至于机器的噪音，更是横行无阻。最大的凶手是扩音器，商店用来播音乐，小贩用来沿街叫卖，广告车用来流动宣传，寺庙用来诵经唱偈，人家用来办婚丧喜事，于是一切噪音都变本加厉，扩大了杀伤的战果。四年前某夜，我在台北家中读书，忽闻异声大作，竟是办丧事的呕哑哭腔，经过扩音器的“现代化”，声浪汹涌淹来，浸灌吞吐于天地之间，只觉其凄厉可怕，不觉其悲哀可怜。就这么肆无忌惮地闹到半夜，我和女儿分别打电话向警局投诉，照例是没有结果。

噪音害人，有两个层次。人叫狗吠，到底还是以血肉之躯摇舌鼓肺制造出来的“原音”，无论怎么吵人，总还有个极限，在不公平之中仍不失其为公平。但是用机器来吵人，管它是收音机、电视机、唱机、扩音器，或是工厂开工，电单车发动，却是以逸待劳、以物役人的按钮战争，太残酷、太不公平了。

早在两百七十年前，散文家斯迪尔（Richard Steele）就说过：“要闭起耳朵，远不如闭起眼睛那么容易，这件事我常感遗憾。”上帝第六天才造人，显已江郎才尽。我们不想看丑景，闭目便可，但要不听噪音，无论怎么掩耳、塞耳，都不清静。更有一点差异：光，像棋中之车，只能直走；声，却像棋中之炮，可以飞越障碍而来。我们注定了要饱受噪音的迫害。台湾的人口密度太大，生活的空间相对缩小。大家挤在牛角尖里，人手里都有好几架可发噪音的机器，不，武器，如果不及早立法管制，认真取缔，未来的听觉污染势必造成一个半聋的社会。

每次我回到台北，都相当地“近乡情怯”，怯于重投噪音的天罗地网，怯于一上了计程车，就有个音响喇叭对准了我的耳根。香港的计程车里安静得多了。英国和德国的计程车里根本不播音乐。香港的公共场所对噪音的管制比台北严格得多，一般的商场都不播音乐，或把音量调到极低，也从未听到谁用扩音器叫卖或竞选。

愈是进步的社会，愈是安静。滥用扩音器逼人听噪音的社会，不是落后，便是集权。曾有人说，一出国门，耳朵便放假。这实在是一句沉痛的话，值得我们这个把热闹当作繁荣的社会好好自省。

猛虎与蔷薇

英国当代诗人西格夫里·萨松（Siegfried Sassoon，1886—1967）曾写过一行不朽的警句："In me the tiger sniffe the rose."勉强把它译成中文，便是："我心里有猛虎在细嗅蔷薇。"

如果一行诗句可以代表一种诗派（有一本英国文学史曾举柯尔律治《忽必烈汗》中的三行诗句："好一处蛮荒的所在！如此的圣洁、鬼怪，像在那残月之下，有一个女人在哭她幽冥的欢爱！"为浪漫诗派的代表），我就愿举这行诗为象征诗派艺术的代表。每次念及，我不禁想起法国现代画家亨利·卢梭（Henri Rousseau，1844—1910）的杰作《沉睡的吉普赛人》。假使卢梭当日所画的不是雄狮逼视着梦中的浪子，而是猛虎在细嗅含苞的蔷薇，我相信，这幅画同样会成为杰作。惜乎卢梭逝世，而萨松尚未成名。

我说这行诗是象征诗派的代表，因为它具体而又微妙地表现出许多哲学家所无法说清的话；它表现出人性里两种相对的本质，但同时更表现出那两种相对的本质的调和。假使他把原诗写成了“我心里有猛虎雄踞在花旁”，那就会显得呆笨，死板，徒然加强了人性的内在矛盾。只有原诗才算恰到好处，因为猛虎象征人性的一方面，蔷薇象征人性的另一面，而“细嗅”刚刚象征着两者的关系，两者的调和与统一。

原来人性含有两面：其一是男性的，其一是女性的；其一如苍鹰，如飞瀑，如怒马；其一如夜莺，如静池，如驯羊。所谓雄伟和秀美，所谓外向和内向，所谓戏剧型的和图画型的，所谓戴奥尼苏斯艺术和阿波罗艺术，所谓“金刚怒目，菩萨低眉”，所谓“静如处女，动如脱兔”，所谓“骏马秋风冀北，杏花春雨江南”，所谓“杨柳岸，晓风残月”和“大江东去”，一句话，姚姬传所谓的阳刚和阴柔，都无非是这两种气质的注脚。两者粗看若相反，实则乃相成。实际上每个人多多少少都兼有这两种气质，只是比例不同而已。

东坡有幕士，尝谓柳永词只合十七八女郎，执红牙板，歌“杨柳岸，晓风残月”：东坡词须关西大汉，铜琵琶，铁绰板，唱“大江东去”。东坡为之“绝倒”。他显然因此种阳刚和阴柔之分而感到自豪。其实东坡之词何尝都是“大江东去”？“笑渐不闻声渐杳，多情却被无情恼”；“绣帘开，一点明月窥人”；这些词句，恐怕也只合十七八女郎曼声低唱吧？而柳永的词句：“长安古道马迟迟，高柳乱蝉嘶”，以及“渡万壑千岩，越溪深处。怒涛渐息，樵风乍起；更闻商旅相呼，片机高举。”又是何等境界！就是晓风残月的上半阕那一句“暮霭沉沉楚天阔”，谁能说它尽是阴柔？他如王维以清淡胜，却写过“一身转战三千里，一剑曾当百万师”的诗句；辛弃疾以沉雄胜，却写过“罗帐灯昏，哽咽梦中语”的词句。再如浪漫诗人济慈和雪莱，无疑地都是阴柔的了。可是清啭的夜莺也曾唱过：“或是像精壮的科德慈，怒着鹰眼，凝视在太平洋上。”就是在那阴柔到了极点的《夜莺曲》里，也还有这样的句子。“同样的歌声时常——迷住了神怪的长窗——那荒僻妖土的长窗——俯临在惊险的海上。”至于那只云雀，他那“西风歌”里所蕴藏的力量，简直是排山倒海，雷霆万钧！还有那一首十四行诗《阿西曼地亚斯》（Ozymandias）除了表现艺术不朽的思想不说，只其气象之伟大，魄力之雄浑，已可匹敌太白的“西风残照，汉家陵阙”。

也就是因为人性里面，多多少少地含有这相对的两种气质，许多人才能够欣赏和自己气质不尽相同，甚至大不相同的人。例如在英国，华兹华斯欣赏弥尔顿；拜伦欣赏顶普吕，夏洛蒂·佰朗特欣赏萨克瑞；史哥德欣赏简·奥斯汀；斯温佰恩欣赏兰道；兰道欣赏白朗宁。在我国，辛弃疾欣赏李清照也是一个最好的例子。

但是平时为什么我们提起一个人，就觉得他是阳刚，而提起另一个人，又觉得他是阴柔呢？这是因为每人心里的猛虎和蔷薇所成的形势不同。有人的心原是虎穴，穴口的几朵蔷薇免不了猛虎的践踏；有人的心原是花园，园中的猛虎不免给那一片香潮醉倒。所以前者气质近于阳刚，而后者气质近于阴柔。然而踏碎了的蔷薇犹能盛开，醉倒了的猛虎有时醒来。所以霸王有时悲歌，弱女有时杀贼；梅村，子山晚作悲凉，萨松在第一次世界大战后出版了低调的《心旅》（The Heart's Journey）。

“我心里有猛虎在细嗅蔷薇。”人生原是战场，有猛虎才能在逆流里立定脚跟，在逆风里把握方向，做暴风雨中的海燕，做不改颜色的孤星。有猛虎，才能创造慷慨悲歌的英雄事业；涵蔓耿介拔俗的志士胸怀，才能做到孟郊所谓的“镜破不改光，兰死不改香”！同时人生又是幽谷，有蔷薇才能烛隐显幽，体贴入微；有蔷薇才能看到苍蝇控脚，蜘蛛吐丝，才能听到暮色潜动，春草萌牙，才能做到“一沙一世界，一花一天国”。在人性的国度里，一只真正的猛虎应该能充分地欣赏蔷薇，而一朵真正的蔷薇也应该能充分地尊敬猛虎；微蔷薇，猛虎变成了腓力斯丁（Philistine）；微猛虎，蔷薇变成了懦夫。韩黎诗：“受尽了命运那巨棒的痛打，我的头在流血，但不曾垂下！”华兹华斯诗：“最微小的花朵对于我，能激起非泪水所能表现的深思。”完整的人生应该兼有这两种至高的境界。一个人到了这种境界，他能动也能静，能屈也能伸，能微笑也能痛哭，能像廿世纪人一样的复杂，也能像亚当夏娃一样的纯真，一句话，他心里已有猛虎在细嗅蔷薇。

浪漫的二分法

柏拉图的理想国里没有诗人；诗人的理想国里呢，最好是没有政客吧。

今年一月十二日至十七日，国际笔会第四十八届年会在纽约举行，到会的作家来自四十多国，多达七百余人，或谓此乃国际文坛空前的盛会。此举固然说不上举世瞩目，但在各地的文化界却颇多报导，台湾的报刊上也有人根据英文的报导加以综合转述。最惹人注意的一件事，是美国国务卿舒尔茨应邀在开幕典礼上致词。当时我正在场，可说“躬逢其闹”，愿意为读者叙述一下。

那是一月十二日下午五点多钟，长长的一列大巴士把六七百位作家送到了纽约市立图书馆前。大家兴冲冲地下了巴士，摩肩接踵，排成了平行的两条长龙，只等进入馆中。不料龙头一点动静也没有，龙身虽然不安地蠕动，却不得其门而入，不久，便成了两条死龙。天色早已变了脸，凛凛然有下雪的威胁。在猎猎的劲风里，几百位作家瑟缩成一团，最苦的是衣带飘萧裙角随风的女士。高龄的名家太多了，缪斯的队伍里至少有四位诺贝尔奖得主：月桂树简直在风中飘零。

这时有人向我们散发传单。接过来看时，原来印的是前一天《纽约时报》上的一篇文章，作者乃小说家多克特罗（E.L.Doctorow）。文中抗议美国笔会会长梅勒（Norman Mailer）未曾照会其理事会，径自邀请官吏来开幕典礼上致词。多克特罗说："诸公主持美国笔会与本届国际笔会年会，对于美国有史以来在意识形态上最右倾的政权，非但认同，更且屈从，实在有违笔会的立意，此举不仅可羞，简直可耻。"六十五位美国作家在文末连署，成为一份抗议书。

寒气里闻得到火药味了。蓝衣星徽的彪形警察，阴沉沉地背着大街，对着作家们列成的——什么龙呢？——僵龙，在人行道外一字儿排开。这一幕若是出现在别的国度，恐怕就难逃"警察国家"的恶名了吧？

就这么僵持了至少四十分钟，龙头才开始摆动。我们以每分钟两米的速度，蠕蠕爬上馆前的石阶，并通过门口的警哨。原来馆内也满布了警察，以冷峻无礼的态度催促我们前进。挨挤而过衣帽间时，众人不免又要脱衣寄存。这么又扰攘了约有二十分钟。济济群彦经过一番驱赶，好不容易像学童一般在戒备森严的南馆阅览室中一排排坐定，早已近六点半了。回头一看，摄影记者与随从僚吏之类，兀鹰眈眈地盘踞了大半个台架。

舒尔茨终于走向麦克风。才讲到第三句，忽然绽出了一个女人的声音，激昂而且清脆：I protest his presence here!我猜想那位巾帼英雄或许就是桑塔格（Susan Sontag）了。舒尔茨的演讲对作家们倒是特别客气而且推崇，口吻一贯地自由主义，不但维护多元价值，强调容忍争辩，而且斥责审查制度。现场的音响效果很差，或者可说是太好了，因此国务卿的滔滔宏论在阴影迷离的空阔大厅上，强劲的回力球一样，反弹出一波又一波的混浊回声。我虽然努力收听，终觉得耳麻心乱，只勉强接到“自由”“开放”“进步”“使命”一类的只字片语。这还不算，讲到半途，至少有四次横遭台下的抗议之声打断，每次似乎又激起了新的抗议，那大概是对抗议的抗议了。其中至少有一声猛吼，是金斯伯格（Allen Ginsberg）的喉咙里发出来的。金斯伯格的成名作正是《嚎》（Howl英文的音义均似汉语），由他来嚎这么一声，也可谓不同凡响了。

舒尔茨讲完，梅勒又登台致词，为自己辩护，并责备台下人的表现。此人的态度和语调，一贯盛气凌人。我每次见他，都觉其阴沉鸷猛，略无儒雅之气，不知道做一位名作家何以要如此紧张，也未免太辛苦了。美国人素有“当众洗脏衣”的癖好，这一幕，大概能让他们的一些文坛名流充分自涤自表，交代一番。明知这是“自由清流”的一贯作风，那一晚我坐在空洞而嘈杂的大厅里，却有平白听训、无端受扰的不快。相信有这感觉的不止我一人。

本届年会出给各国作家讨论的主题是“作家的想象与国家的想象”（The Writer's Imagination and the Imagination of the State）。这论题显然有意把作家跟国家对立起来，而要作家争取个人的自由与自尊。以“自由清流”甚至“民主斗士”自任的某些美国文人，最喜欢鼓吹的正是这类论题；不但自己喜欢，而且指望别国的作家也跟着学样。

不过这般人的理想主义有时也会带来一些并不理想的后果。第一，在专制的国家他们根本不能鼓吹这些，所以只能回过头来，在自由的本国去斗容忍的政府。正如纨绔子弟眼看着对街的穷孩子饱受虐待，欲助无力，只好向自己的家里去撒娇吵闹了。第二，美国政府怀抱其理想主义，总爱向一切受惠的国家推销其美式民主，在自由世界俨然成了民主的保姆。如此“替天行道”之余，不料就在保姆的家里，竟被自己的人民指为右倾保守，连国务卿也不见容于本国的文坛名流。这现象未免有点滑稽。第三，在某些国家，确有当行本色的作家遭受当局的迫害，应予营救。但在另一方面，也可能有些政治人物，其实与文学创作并无关系，却利用被压迫的作家身份来博取国际文坛的同情。由于语言隔阂，同时翻译不足，好作家往往在国际上无人欣赏，而备受瞩目的作家之中，有些实在并不高明。

作家对当局的态度，以不亢不卑为宜。在某些国家，其态度失之于卑，是环境使然。在美国则失之于亢，恐怕也是迫于形势。无论就杯葛舒尔茨的事件或在会中的高论看来，这一批“自由清流”似乎都在奉行一种浪漫的二分法，那就是：作家是圣徒，政府是魔鬼，势不两立。这些人在面对政客时，似乎具有洁癖，至少努力表示自己具有。

这种浪漫的二分法也曾激起异议。小说家冯内果（Kurt Vonnegut）就表示：请国务卿来演讲没什么了不起，因为美国政府原就来自民选，“身为美国公民，我对自己的政府也有责任。身为选民的责任，我们应该反省一下”。

秘鲁作家略萨（Vargas Llosa）也说：“大家都认为作家论政一定条理分明，政治家论政就必然盲目。可是就连大作家论政，也可能全然盲目，甚至用自己的名望与奇思妙想来促进的某项政策，一旦实现，也可能毁了自己的前功。”

这一番话，令人想起我国三十年代的一些名作家，一心以为，只要“革命”来到，国家就有救了。作家都是圣徒吗？大作家就有政治远见吗？且以美国为例。大诗人庞德由于反对资本主义，厌弃美国文明，竟然迷信墨索里尼之言，以为法西斯蒂真能实现社会主义，乃于“二次大战”时，在意大利电台上攻击美国与罗斯福总统。盟军胜利前夕，他被捕解送回美，经过精神病医师的会诊，终以精神失常的理由逃过了可能加判的死刑。一九四八年，庞德还在拘询期间，由艾略特主持的十四人评审委员会，竟投票通过就首届的博林根诗奖颁给这个待罪之囚，引起文化界一场剧烈的论战。

如果这件事发生在中国，其意义，岂非就像抗战刚刚结束，竟把一项散文大奖颁给了周作人吗?

美国清流派的作家事事与当局“划清界限”，是由来已久的传统了。福克纳生前拒绝去白宫作客，白宫一笑置之，甚至在他死后，立刻发布一篇颂辞。这在其他的许多国家，几乎不可思议。其实在国际笔会上邀请政府首长致词，也已行之有年，不值得这么大惊小怪。一九八一年里昂之会，由法国文化部长致开幕词；一九八三年卡拉卡斯之会，致词者是委内瑞拉总统。两次我都在场，未闻其本国作家有何抗议。美国清流派作家这种亢傲之风，虽也说得出一番民主自由的大道理来，可是当着各国客人之面来吵自己的家务，总是失礼，令人厌烦。

我觉得他们此举，一方面固然是自表清白，炫耀洁癖，另一方面呢，啊哈，说不定是给“落后社会”来的客人上民主的一课，推行义务的机会教育。不过这一幕生动的表演，外国的客人也不尽表欣赏。对于这种浪漫的二分法，颇有一些作家提出批评，其中说得最有力的，当推以色列的作家奥兹（Amos Oz）。在“国家如何想象？”的座谈会上，奥兹一士谔谔，力排众议曰：

“我们这题目听起来有点像浪漫的无政府主义，说真的，有点廉价的二分法味道。一群圣徒似的作家，为了维护江湖上一切可爱而单纯的百姓，英勇向前，去搏斗无情无义的官僚政府：这种画面我不能接受。我不愿意搞‘美人对野兽’的一套。”

奥兹又说：“国家并无想象。‘国家的想象’只存在于某些作家的想象之中，包括在这次年会上出这个题目的那些作家。不错，是有一些作家死于狱中和古拉格式的集中营里，而另一些作家却得意于宫廷和别墅。但是江湖上的那些‘可爱而单纯的百姓’，却既不可爱也不单纯。我们明知事情不那么简单，大家都明知。只要把你们自己的书拿来读一下，就明白了。‘国家’是一种不得不受的罪，只因为有许多个人可能无恶不作。何况有些国家几乎相当讲理，有些很坏，有些却要人的命。既然作家讲究的是精巧和准确，至少理应如此，那我们的任务便在分别层次。罪恶之中也有程度之别，谁要忽略此点，必成罪恶之奴。

“仁爱之人必多疑虑，在道德上亦必多矛盾；一个人如何能怀抱仁爱，同时又与罪恶搏斗？一个人如何才能积极地抵抗狂热主义呢？一个人如何能战斗而不成为好勇斗狠之徒？一个人如何能对付罪恶而不沾染罪恶？又如何能对付历史而不受历史恶果的影响？三个月前在维也纳，我看见环境保护者在街头示威，抗议用天竺鼠来做科学试验。他们拿着标语牌，上面画着耶稣，围在受苦受难的天竺鼠之间，题的词句是‘祂也爱它们’。也许是的吧，可是我觉得有些示威者的样子，好像终有一天，为了确保天竺鼠不再受罪，他们会不惜枪杀人质。而这就是我发言的要旨——在某方面说来，所描写的正是我自己的国家，也正是散布各地，甚至遍布全世界的行善人士。

“我们不要把邪恶的想象推诿给国家，而把赎罪的想象归于自己。这一切无非是在我们的脑里——我们不可受诱于把真相简化的恶习。在不良、更差、最差的情况之间，我们应该知所区别。”

南半球的冬天

飞行袋鼠“旷达士”（Qantas）才一展翅，偌大的新几内亚，怎么竟缩成两只青螺，大的一只，是维多利亚峰，那么小的一只，该就是塞克林峰了吧。都是海拔万尺以上的高峰，此刻，在“旷达士”的翼下，却纤小可玩，一簇黛青，娇不盈握，虚虚幻幻浮动在水波不兴一碧千里的“南溟”之上。不是水波不兴，是“旷达士”太旷达了，俯仰之间，忽已睥睨八荒，游戏云表，遂无视于海涛的起起伏伏了。不到一杯橙汁的工夫，新几内亚的郁郁苍苍，倏已陆沉，我们的老地球，所有故乡的故乡，一切国恨家愁的所依所托，顷刻之间都已消逝。

所谓地球，变成了一只水球，好蓝好美的一只水球，在好不真实的空间好缓好慢地旋转，昼转成夜，春转成秋，青青的少年转成白头。故国神游，多情应笑我早生华发。水汪汪的一只蓝眼睛，造物的水族馆，下面泳多少鲨多少鲸，多少亿兆的鱼虾在暖洋洋的热带海中悠然摆尾，多少岛多少屿在高更的梦史蒂文森的记忆里午寐，鼾声均匀。只是我的想象罢了，那澄蓝的大眼睛笑得很含蓄，可是什么秘密也没有说。古往今来，她的眼里该只有日起日落，星出星没，映现一些最原始的抽象图形。留下我，上扪无天，下临无地，一只“旷达士”鹤一般地骑着，虚悬在中间。头等舱的邻座，不是李白，不是苏轼，是双下巴大肚皮的西方绅士。一杯酒握着，不知该邀谁对饮。

有一种叫做云的骗子，什么人都骗，就是骗不了“旷达士”。“旷达士”，一飞冲天的现代鹏鸟，经纬线织成密密的网，再也网它不住。北半球飞来南半球，我骑在“旷达士”的背上，“旷达士” 骑在云的背上。飞上三万英尺的高空，云便留在下面，制造它骗人的气候去了。有时它层层叠起，雪峰竞拔，冰崖争高，一望无尽的皑皑，疑是西藏高原雄踞在世界之脊。有时它皎如白莲，幻开千朵，无风的岑寂中，“旷达士”翩翩飞翔，入莲出莲，像一只恋莲的蜻蜓。仰望白云，是人，俯玩白云，是仙。仙在常中观变，在阴晴之外观阴晴，仙是我。哪怕是幻觉，哪怕仅仅是几个时辰。

“旷达士”从北半球飞来，五千里的云驿，只在新几内亚的南岸息一息羽毛。摩尔斯比（Port Moresby）浸在温暖的海水里，刚从热带的夜里醒来，机场四周的青山和遍山的丛林，晓色中，显得生机郁勃，绵延不尽。机场上见到好多巴布亚的土人，肤色深棕近黑，阔鼻，厚唇，凹陷的眼眶中，眸光炯炯探人，很是可畏。

从新几内亚向南飞，下面便是美丽的珊瑚海（Coral Sea）了，太平洋水，澈澈澄清，浮云开处，一望见底，见到有名的珊瑚礁，绰号“屏藩大礁”（Great Barrier Reef），迤迤逦逦，零零落落，系住澳大利亚大陆的东北海岸，好精巧的一条珊瑚带子。珊瑚是浅红色，瑚礁泥，说也奇怪，却是青绿色。开始我简直看不懂。双层玻璃的机窗下，奇迹一般浮现一块小岛，四周湖绿，托出中央的一方翠青。正觉这小岛好漂亮好有意思，前面似真似幻，竟又浮来了一块，形状不同，青绿色泽的配合大致相同。猜疑未定，远方海上又出现了，不是一个，而是一群，长的长，短的短，不规不则得乖乖巧巧，玲玲珑珑，那样讨人喜欢的图案层出不穷，令人简直不暇目迎目送。诗人赫伯特（George Herbert）说：

色泽鲜丽
令仓促的观者拭目重看

惊愕间，我真的揉揉眼睛，被香港的红尘吹翳了的眼睛，仔细再看一遍，不是岛！青绿色的圆形是平铺在水底，不是突出在水面。啊我知道了，这就是闻名世界的所谓“屏藩大礁”了。透明的柔蓝中漾现变化无穷的青绿群礁，三种凉凉的颜色配合得那么谐美而典雅，织成海神最豪华的地毯。数百丛的珊瑚礁，检阅了一个多小时才看完。

如果我是人鱼，一定和我的雌人鱼，选这些珊瑚为家。风平浪静的日子，和她并坐在最小的一丛礁上，用一只大海螺吹起德彪西袅袅的曲子，使所有的船都迷了路。可是我不是人鱼，甚至也不是飞鱼，因为“旷达士”要载我去袋鼠之邦，食火鸡之国，访问七个星期，去会见澳大利亚的作家、画家、学者，参观澳大利亚的学府、画廊、音乐厅、博物馆。不，我是一位访问的作家，不是人鱼。正如普罗夫洛克所说，我不是尤利西斯，女神和雌人鱼不为我歌唱。

越过童话的珊瑚海，便是浅褐土红相间的荒地，澳大利亚庞然的体魄在望。最后我看见一个港，港口我看见一座城，一座铁桥黑虹一般架在港上，对海的大歌剧院蚌壳一般张着复瓣的白屋顶，像在听珊瑚海人鱼的歌吟。“旷达士”盘旋扑下，倾侧中，我看见一排排整齐的红砖屋，和碧湛湛的海水对照好鲜明。然后是玩具的车队，在四巷的高速公路上流来流去。然后机身辘辘，“旷达士”放下它蜷起的脚爪，触地一震，悉尼到了。

但是悉尼不是我的主人，澳大利亚的外交部，在西南方二百英里外的山区等我。“旷达士”把我交给一架小飞机，半小时后，我到了澳大利亚的京城堪培拉。堪培拉是一个计划都市，人口目前只有十四万，但是建筑物分布既稀且广，发展的空间非常宽大。圆阔的草地，整洁的车道，富于线条美的白色建筑，把曲折多姿回环成趣的柏丽·格里芬湖围在中央。神造的全是绿色，人造的全是白色。堪培拉是我见过的都市中，最清洁整齐的一座白城。白色的迷宫。国会大厦、水电公司、国防大厦、联鸣钟楼、国立图书馆，无一不白。感觉中，堪培拉像是用积木，不，用方糖砌成的理想之城。在我五天的居留中，街上从未见到一片垃圾。

我住在澳大利亚国立大学的招待所，五天的访问，日程排得很满。感觉中，许多手向我伸来，许多脸绽开笑容，许多名字轻叩我的耳朵，缤缤纷纷坠落如花，我接受了澳大利亚外交部、澳大利亚国立大学亚洲研究所、澳大利亚作家协会、堪培拉高等教育学院等等的宴会；会见了名诗人霍普 （A. D. Hope）、康波（David Campbell）、道布森（Rosemary Dobson）和布礼盛顿（R. F. Brissenden）；接受了澳大利亚总督海斯勒克爵士（Sir Paul Hasluck）、诗人霍普、诗人布礼盛顿及柳存仁教授的赠书，也将自己的全部译著赠送了一套给澳大利亚国立图书馆，由东方部主任王省吾代表接受；聆听了堪培拉交响乐队；接受了《堪培拉时报》的访问；并且先后在澳大利亚国立大学的东方学会与英文系发表演说。这一切，当在较为正式的《澳大利亚访问记》一文中，详加分述，不想在这里多说了。

“旷达士”猛一展翼，十小时的风云，便将我抖落在南半球的冬季。堪培拉的冷静、高亢，和香港是两个世界。和台湾是两个世界。堪培拉在南半球的纬度，相当于济南之在北半球。中国的诗人很少这么深入“南蛮”的。《大招》的诗人早就警告过：“魂乎无南！南有炎火千里，腹蛇蜒只。山林险隘，虎豹蜿只。鰅鳙短狐，王虺骞只。魂乎无南，蜮伤躬只！”柳宗元才到柳州，已有万死投荒之叹。韩愈到潮州，苏轼到海南岛，歌哭一番，也就北返中原去了。谁会想到，深入南荒，越过赤道的炎火千里而南，越过南回归线更南，天气竟会寒冷起来，赤火炎炎，会变成白雪凛凛，虎豹蜿只，会变成食火鸡、袋鼠和攀树的醉熊？

从堪培拉再向南行，科库斯可大山便擎起须发尽白的雪峰，矗立天际。我从北半球的盛夏火鸟一般飞来，一下子便投入了科库斯可北麓的阴影里。第一口气才注入胸中，便将我涤得神清气爽，豁然通畅。欣然，我呼出台北的烟火，香港的红尘。我走下寂静宽敞的林阴大道，白干的柚加利树叶落殆尽，枫树在冷风里摇响炫目的艳红和鲜黄，刹那间，我有在美国街上独行的感觉，不经意翻起大衣的领子。一只红冠翠羽对比明丽无伦的考克图大鹦鹉，从树上倏地飞下来，在人家的草地上略一迟疑，忽又翼翻七色，翩翩飞走。半下午的冬阳里，空气在淡淡的暖意中兀自挟带一股醒人的阴凉之感。下午四点以后，天色很快暗了下来。太阳才一下山，落霞犹金光未定，一股凛冽的寒意早已逡巡在两肘，伺机噬人，躲得慢些，冬夕的冰爪子就会探颈而下，伸向行人的背脊了。究竟是南纬高地的冬季，来得迟去得早的太阳，好不容易把中午烘到华氏五十几度，夜色一降，就落回冰风刺骨的四十度了。中国大陆上一到冬天，太阳便垂垂倾向南方的地平，所以美宅良厦，讲究的是朝南。在南半球，冬日却贴着北天冷冷寂寂无声无嗅地旋转，夕阳没处，竟是西北。到堪培拉的第一天，茫然站在澳大利亚国立大学校园的草地上，暮寒中，看夕阳坠向西北的乱山丛中。那方向，不正是中国的大陆，乱山外，不正是崦嵫的神话？西北望长安，可怜无数山。无数山。无数海。无数无数的岛。

到了夜里，乡愁就更深了。堪培拉地势高亢，大气清明，正好饱览星空。吐气成雾的寒颤中，我仰起脸来读夜。竟然全读不懂！不，这张脸我不认得！ 那些眼睛啊怎么那样陌生而又诡异，闪着全然不解的光芒好可怕！那些密码奥秘的密码是谁在拍打？北斗呢？天狼呢？怎么全躲起来了，我高贵而显赫的朋友啊？踏的，是陌生的土地，戴的，是更陌生的天空，莫非我误闯到一颗新的星球上来了？

当然，那只是一瞬间的惊诧罢了。我一拭眼睛。南半球的夜空，怎么看得见北斗七星呢？此刻，我站在南十字星座的下面，戴的是一顶簇新的星冕，南十字，古舟子航行在珊瑚海塔斯曼海上，无不仰天顶礼的赫赫华胄，闪闪徽章，澳大利亚人升旗，就把它升在自己的旗上。可惜没有带星谱来，面对这么奥秘幽美的夜，只能赞叹赞叹扉页。

我该去新西兰吗？塔斯曼冰冷的海水对面，白人的世界还有一片土。澳大利亚已自在天涯，新西兰，更在天涯之外之外。庞然而阔的新大陆，澳大利亚，从此地一直延伸，连连绵绵，延伸到帕斯和达尔文，南岸，封着塔斯曼的冰海，北岸，浸在暖脚的南太平洋里。澳大利亚人自己诉苦，说，无论去什么国家都太远太遥，往往，向北方飞，骑“旷达士”的风云飞驰了四个小时，还没有跨出澳大利亚的大门。

美国也是这样。一飞入寒冷干爽的气候，就有一种重践北美大陆的幻觉。记忆，重重叠叠的复瓣花朵，在寒颤的星空下反而一瓣瓣绽开了，展开了每次初抵美国的忆忆，枫叶和橡叶，混合着街上淡淡汽油的那种嗅觉，那么强烈，几乎忘了童年，十几岁的孩子，自己也曾经拥有一片大陆，和直径千里的大陆性冬季，只是那时，祖国覆盖我像一条旧棉被，四万万人挤在一张大床上，一点也没有冷的感觉。现在，站在南十字架下，背负着茫茫的海和天，企鹅为近，铜驼为远，那样立着，引颈企望着企望着长安，洛阳，金陵，将自己也立成一头企鹅。只是别的企鹅都不怕冷，不像这一头啊这么怕冷。

怕冷。怕冷。旭日怎么还不升起？霜的牙齿已经在咬我的耳朵。怕冷。三次去美国，昼夜倒轮。南来澳大利亚。寒暑互易。同样用一枚老太阳，怎么有人要打伞，有人整天用来烘手都烘不暖？而用十字星来烘脚，是一夜也烘不成梦的啊。

听听那冷雨

惊蛰一过，春寒加剧。先是料料峭峭，继而雨季开始，时而淋淋漓漓，时而淅淅沥沥，天潮潮地湿湿，即连在梦里，也似乎把伞撑着。而就凭一把伞，躲过一阵潇潇的冷雨，也躲不过整个雨季。连思想也都是潮润润的。每天回家，曲折穿过金门街到厦门街迷宫式的长巷短巷，雨里风里，走入霏霏令人更想入非非。想这样子的台北凄凄切切完全是黑白片的味道，想整个中国整部中国的历史无非是一张黑白片子，片头到片尾，一直是这样下着雨的。这种感觉，不知道是不是从安东尼奥尼那里来的。不过那一块土地是久违了，二十五年，四分之一的世纪，即使有雨，也隔着千山万山，千伞万伞。二十五年，　切都断了，只有气候，只有气象报告还牵连在一起。大寒流从那块土地上弥天卷来，这种酷冷吾与古大陆分担。不能扑进她怀里，被她的裾边扫一扫吧，也算是安慰孺慕之情。

这样想时，严寒里竟有一点温暖的感觉了。这样想时，他希望这些狭长的巷子永远延伸下去，他的思路也可以延伸下去，不是金门街到厦门街，而是金门到厦门。他是厦门人，至少是广义的厦门人，二十年来，不住在厦门，住在厦门街，算是嘲弄吧，也算是安慰。不过说到广义，他同样也是广义的江南人，常州人，南京人，川娃儿，五陵少年。杏花春雨江南，那是他的少年时代了。再过半个月就是清明。安东尼奥尼的镜头摇过去，摇过去又摇过来。残山剩水犹如是。皇天后土犹如是。纭纭黔首纷纷黎民从北到南犹如是。那里面是中国吗？那里面当然还是中国永远是中国。只是杏花春雨已不再，牧童遥指已不再，剑门细雨渭城轻尘也都已不再。然则他日思夜梦的那片土地，究竟在哪里呢？

在报纸的头条标题里吗？还是香港的谣言里？还是傅聪的黑键白键马思聪的跳弓拨弦？还是安东尼奥尼的镜底落马洲的望中？还是呢，故宫博物院的壁头和玻璃橱内，京戏的锣鼓声中太白和东坡的韵里？

杏花。春雨。江南。六个方块字，或许那片土就在那里面。而无论赤县也好神州也好中国也好，变来变去，只要仓颉的灵感不灭美丽的中文不老，那形象，那磁石一般的向心力当必然长在。因为一个方块字是一个天地。太初有字，于是汉族的心灵他祖先的回忆和希望便有了寄托。譬如凭空写一个“雨”字，点点滴滴，滂滂沱沱，淅沥淅沥淅沥，一切云情雨意，就宛然其中了。视觉上的这种美感，岂是什么rain

也好pluie也好所能满足？翻开一部《辞源》或《辞海》，金木水火土，各成世界，而一入“雨”部，古神州的天颜千变万化，便悉在望中，美丽的“霜雪雲霞”，骇人的“雷電霹雹”，展露的无非是神的好脾气与坏脾气，气象台百读不厌门外汉百思不解的百科全书。

听听，那冷雨。看看，那冷雨。嗅嗅闻闻，那冷雨，舔舔吧，那冷雨。雨在他的伞上这城市百万人的伞上雨衣上屋上天线上，雨下在基隆港在防波堤在海峡的船上，清明这季雨。雨是女性，应该最富于感性。雨气空蒙而迷幻，细细嗅嗅，清清爽爽新新，有一点点薄荷的香味，浓的时候，竟发出草和树沐发后特有的淡淡土腥气，也许那竟是蚯蚓和蜗牛的腥气吧，毕竟是惊蛰了啊。也许地上的地下的生命也许古中国层层叠叠的记忆皆蠢蠢而蠕，也许是植物的潜意识和梦吧，那腥气。

第三次去美国，在高高的丹佛他山居了两年。美国的西部，多山多沙漠，千里干旱，天，蓝似盎格鲁-撒克逊人的眼睛，地，红如印第安人的肌肤，云，却是罕见的白鸟。落基山簇簇耀目的雪峰上，很少飘云牵雾。一来高，二来干，三来森林线以上，杉柏也止步，中国诗词里“荡胸生层云”，或是“商略黄昏雨”的意趣，是落基山上难睹的景象。落基山岭之胜，在石，在雪。那些奇岩怪石，相叠互倚，砌一场惊心动魄的雕塑展览，给太阳和千里的风看。那雪，白得虚虚幻幻，冷得清清醒醒，那股皑皑不绝一仰难尽的气势，压得人呼吸困难，心寒眸酸。不过要领略“白云回望合，青霭入看无”的境界，仍须回来中国。台湾湿度很高，最饶云气氤氲雨意迷离的情调。两度夜宿溪头，树香沁鼻，宵寒袭肘，枕着润碧湿翠苍苍交叠的山影和万籁都歇的岑寂，仙人一样睡去。山中一夜饱雨，次晨醒来，在旭日未升的原始幽静中，冲着隔夜的寒气，踏着满地的断柯折枝和仍在流泻的细股雨水，一径探入森林的秘密，曲曲弯弯，步上山去。溪头的山，树密雾浓，蓊郁的水汽从谷底冉冉升起，时稠时稀，蒸腾多姿，幻化无定，只能从雾破云开的空处，窥见乍现即隐的一峰半壑，要纵览全貌，几乎是不可能的。至少入山两次，只能在白茫茫里和溪头诸峰玩捉迷藏的游戏，回到台北，世人问起，除了笑而不答心自闲，故作神秘之外，实际的印象，也无非山在虚无之间罢了。云缭烟绕，山隐水迢的中国风景，由来予人宋画的韵味。那天下也许是赵家的天下，那山水却是米家的山水。而究竟，是米氏父子下笔像中国的山水，还是中国的山水上纸像宋画，恐怕是谁也说不清楚了吧？

雨不但可嗅，可观，更可以听。听听那冷雨。听雨，只要不是石破天惊的台风暴雨，在听觉上总是一种美感。大陆上的秋天，无论是疏雨滴梧桐，或是骤雨打荷叶，听去总有一点凄凉，凄清，凄楚，于今在岛上回味，则在凄楚之外，更笼上一层凄迷了。饶你多少豪情侠气，怕也经不起三番五次的风吹雨打。一打少年听雨，红烛昏沉。两打中年听雨，客舟中，江阔云低。三打白头听雨在僧庐下，这便是亡宋之痛，一颗敏感心灵的一生：楼上，江上，庙里，用冷冷的雨珠子串成。十年前，他曾在一场摧心折骨的鬼雨中迷失了自己。雨，该是一滴湿漓漓的灵魂，窗外在喊谁。

雨打在树上和瓦上，韵律都清脆可听。尤其是铿铿敲在屋瓦上，那古老的音乐，属于中国。王禹偁在黄冈，破如椽的大竹为屋瓦。据说住在竹楼上面，急雨声如瀑布，密雪声比碎玉，而无论鼓琴，咏诗，下棋，投壶，共鸣的效果都特别好。这样岂不像住在竹筒里面，任何细脆的声响，怕都会加倍夸大，反而令人耳朵过敏吧。

雨天的屋瓦，浮漾湿湿的流光，灰而温柔，迎光则微明，背光则幽暗，对于视觉，是一种低沉的安慰。至于雨敲在鳞鳞千瓣的瓦上，由远而近，轻轻重重轻轻，夹着一股股的细流沿瓦槽与屋檐潺潺泻下，各种敲击音与滑音密织成网，谁的千指百指在按摩耳轮。“下雨了。”温柔的灰美人来了，她冰冰的纤手在屋顶拂弄着无数的黑键啊灰键，把晌午一下子奏成了黄昏。

在古老的大陆上，千屋万户是如此。二十多年前，初来这岛上，日式的瓦屋亦是如此。先是天暗了下来，城市像罩在一块巨幅的毛玻璃里，阴影在户内延长复加深。然后凉凉的水意弥漫在空间，风自每一个角落里旋起，感觉得到，每一个屋顶上呼吸沉重都覆着灰云。雨来了，最轻的敲打乐敲打这城市，苍茫的屋顶，远远近近，一张张敲过去，古老的琴，那细细密密的节奏，单调里自有一种柔婉与亲切，滴滴点点滴滴，似幻似真，若孩时在摇篮里，一曲耳熟的童谣摇摇欲睡，母亲吟哦鼻音与喉音。或是在江南的泽国水乡，一大筐绿油油的桑叶被啮于千百头蚕，细细琐琐屑屑，口器与口器咀咀嚼嚼。雨来了，雨来的时候瓦这么说，一片瓦说千亿片瓦说，说轻轻地奏吧沉沉地弹，徐徐地叩吧挞挞地打，间间歇歇敲一个雨季，即兴演奏从惊蛰到清明，在零落的坟上冷冷奏挽歌，一片瓦吟千亿片瓦吟。

在日式的古屋里听雨，听四月，霏霏不绝的黄梅雨，朝夕不断，旬月绵延，湿黏黏的苔藓从石阶下一直侵到他舌底，心底。到七月，听台风台雨在古屋顶上一夜盲奏，千寻海底的热浪沸沸被狂风挟来，掀翻整个太平洋只为向他的矮屋檐重重压下，整个海在他的蜗壳上哗哗泻过。不然便是雷雨夜，白烟一般的纱帐里听羯鼓一通又一通，滔天的暴雨滂滂沛沛扑来，强劲的电琵琶忐忐忑忑忐忑忑，弹动屋瓦的惊悸腾腾欲掀起。不然便是斜斜的西北雨斜斜，刷在窗玻璃上，鞭在墙上打在阔大的芭蕉叶上，一阵寒濑泻过，秋意便弥漫日式的庭院了。

在日式的古屋里听雨，春雨绵绵听到秋雨潇潇，从少年听到中年，听听那冷雨。雨是一种单调而耐听的音乐，是室内乐是室外乐，户内听听，户外听听，冷冷，那音乐。雨是一种回忆的音乐，听听那冷雨，回忆江南的雨下得满地是江湖下在桥上和船上，也下在四川在秧田和蛙塘下肥了嘉陵江下湿布谷咕咕的啼声。雨是潮潮润润的音乐下在渴望的唇上舐舐那冷雨。

因为雨是最最原始的敲打乐从记忆的彼端敲起。瓦是最最低沉的乐器灰蒙蒙的温柔覆盖着听雨的人，瓦是音乐的雨伞撑起。但不久公寓的时代来临，台北你怎么一下子长高了，瓦的音乐竟成了绝响。千片万片的瓦翩翩，美丽的灰蝴蝶纷纷飞走，飞入历史的记忆。现在雨下下来下在水泥的屋顶和墙上，没有音韵的雨季。树也砍光了，那月桂，那枫树、柳树和擎天的巨椰，雨来的时候不再有丛叶嘈嘈切切，闪动湿湿的绿光迎接。鸟声减了啾啾，蛙声沉了咯咯，秋天的虫吟也减了唧唧。七十年代的台北不需要这些，一个乐队接一个乐队便遣散尽了。要听鸡叫，只有去《诗经》的韵里寻找。现在只剩下一张黑白片，黑白的默片。

正如马车的时代去后，三轮车的时代也去了。曾经在雨夜，三轮车的油布蓬挂起，送她回家的途中，蓬里的世界小得多可爱，而且躲在警察的辖区以外。雨衣的口袋越大越好，盛得下他的一只手里握一只纤纤的手。台湾的雨季这么长，该有人发明一种宽宽的双人雨衣，一人分穿一只袖子，此外的部分就不必分得太苛。而无论工业如何发达，一时似乎还废不了雨伞。只要雨不倾盆，风不横吹，撑一把伞在雨中仍不失古典的韵味。任雨点敲在黑布伞或是透明的塑胶伞上，将骨柄一旋，雨珠向四方喷溅，伞缘便旋成了一圈飞檐。跟女友共一把雨伞，该是一种美丽的合作吧。最好是初恋，有点兴奋，更有点不好意思，若即若离之间，雨不妨下大一点。真正初恋，恐怕是兴奋得不需要伞的，手牵手在雨中狂奔而去，把年轻的长发和肌肤交给漫天的淋淋漓漓，然后向对方的唇上颊上尝凉凉甜甜的雨水。不过那要非常年轻且激情，同时，也只能发生在法国的新潮片里吧。

大多数的雨伞想不会为约会张开。上班下班，上学放学，菜市来回的途中，现实的伞，灰色的星期三。握着雨伞，他听那冷雨打在伞上。索性更冷一些就好了，他想。索性把湿湿的灰雨冻成干干爽爽的白雨，六角形的结晶体在无风的空中回回旋旋地降下来，等须眉和肩头白尽时，伸手一拂就落了。二十五年，没有受故乡白雨的祝福，或许发上下一点白霜是一种变相的自我补偿吧。一位英雄，经得起多少次雨季？他的额头是水成岩削成还是火成岩？他的心底究竟有多厚的苔藓？厦门街的雨巷走了二十年与记忆等长，一座无瓦的公寓在巷底等他，一盏灯在楼上的雨窗子里，等他回去，向晚餐后的沉思冥想去整理青苔深深的记忆。前尘隔海。古屋不再。听听那冷雨。

思台北，念台北

隐地从台北寄来他的新书《欧游随笔》，并在扉页上写道："尔雅也在厦门街一一三巷，每天，我走您走过的脚步。"一句话，撩起我多少乡愁。龙尾蛇头，接到多少张耶诞卡贺年片，没有一句话更撼动我的心弦。

如果脚步是秋天的落叶，年复一年，季复一季，则最下面的一层该都是我的履印与足音，然后一层层，重重叠叠，旧印之上覆盖着新印，千层下，少年的屐迹车辙，只能在仿佛之间去翻寻。每次回到台北，重踏那条深长的巷子，隐隐，总踏起满巷的回音，那是旧足音醒来，在响应新的足音？厦门街、水源路那一带的弯街斜巷，拭也拭不尽的，是我的脚印和指纹。每一条窄弄都通向记忆，深深的厦门街，是我的回声谷。也无怪隐地走过，难逃我的联想。

那一带的市井街坊，已成为我的"背景"甚至"腹地"。去年夏天在西雅图，和叶珊谈起台湾诗选之滥，令人穷于应付，成了"选灾"。叶珊笑说，这么发展下去，总有一天我该编一本《古亭诗选》，他呢，则要编一本《大安诗选》。其实叶珊在大安区的脚印，寥落可数，他的乡井当然在水之湄，在花莲。他只能算是“半山”的乡下诗人，我，才是城里的诗人。十年一觉扬州梦，醒来时，我已是一位台北人。

当然不止十年了。清明尾，端午头，中秋月后又重九，春去秋来，远方盆地里那一座岛城，算起来，竟已住了二十六年了。这其间，就算减去旅美的五年，来港的两年，也有十九年之久。北起淡水，南迄乌来，半辈子的岁月便在那里边攘攘度过，一任红尘困我，车声震我，限时信、电话和门铃催我促我，一任杜鹃媚我于暮春，莲塘迷我于仲夏，雨季霉我，溽暑蒸我，地震和台风撼我摇我。四分之一的世纪，我眼见台北长高又长大，脚踏车三轮车把大街小巷让给了电单车计程车，半田园风的小省城变成了国际化的现代立体大都市。镜头一转，前文提要一样的跳速，台北也惊见我，如何从一个寂寞而迷惘的流亡少年变成大四的学生，少尉编译官，新郎，父亲，然后是留学生，新来的讲师，老去的教授，毁誉交加的诗人，左颊掌声右颊是嘘声。二十六年后，台北恐已不识我，霜发的中年人，正如我也有点近乡情怯，机翼斜斜，海关扰扰，出得松山，迎面那一丛丛陌生的楼影。

曾在那岛上，浅浅的淡水河边，遥听嘉陵江滔滔的水声，曾在芝加哥的楼影下，没遮没拦的密歇根湖岸，念江南的草长莺飞，花发蝶忙。乡愁一缕，恒与扬子江东流水竞长。前半生，早如断了线的风筝落在海峡的对面，手里兀自牵一缕旧线。每次填表，“永久地址”那一栏总教人临表踟蹰，好生为难。一若四海之大，天地之宽，竟有一处是稳如磐石，固如根柢，世世代代归于自己，生命深深植于其中，海啸山崩都休想将它拔走似的。面对着天灾人祸，世局无常，竟要填表人肯定说出自己的“永久地址”，真是一大幽默，带一点智力测验的意味。尽管如此，表却不能不填。二十世纪原是填表的时代，从出生纸到死亡证书，一个人一辈子要填的表，叠起来不会薄于一部大字典。除非你住在乌托邦，表是非填不可的。于是“永久地址”栏下，我暂且填上“台北市厦门街一一三巷八号”。这一暂且，就暂且了二十多年，比起许多永久来，还永久得多。

正如路是人走出来的，地址，也是人住出来的。生而为闽南人，南京人，也曾经自命为半个江南人，四川人，现在，有谁称我为台北人，我一定欣然接受，引以为荣。有那么一座城，多少熟悉的面孔，由你的朋友，你的同学，同事，学生所组成，你的粉笔灰成雨，落湿了多少讲台，你的蓝墨水成渠，灌溉了多少亩报纸杂志。四个女孩都生在那城里，母亲的慈骨埋在近郊，父亲和岳母皆成了常青的乔木，植物一般植根在那条巷里。有那么一座城，锦盒一般珍藏着你半生的脚印和指纹，光荣和愤怒，温柔和伤心，珍藏着你一颗颗一粒粒不朽的记忆。家，便是那么一座城。

把一座陌生的城住成了家，把一个临时地址拥抱成永久地址，我成了想家的台北人，在和中国母体土接壤连的一角小半岛上，隔着南海的青烟蓝水，竟然转头东望，思念的，是二十多年来餐我以蓬莱的蓬莱岛城。我的阳台向北，当然，也尽多北望的黄昏。奈何公无渡河，从对河来客的口中，听到的种种切切，陌生的，严厉的，迷惑的，伤感的，几已难认后土的慈颜，哎，久已难认。正如贾岛的七绝所言：

客舍并州已十霜，归心日夜忆咸阳。
无端更渡桑干水，却望并州是故乡。

如果十霜已足成故乡，则我的二十霜啊多情又何逊唐朝一孤僧？

未回台北，忽焉又一年有半了。一小时的飞程，隔水原同比邻，但一道海关多重表格横在中间，便感烟波之阔了。愿台北长大长壮但不要长得太快，愿我记忆中的岛城在开路机铲土机的挺进下保留一角半隅的旧区让我循那些曲折而玄秘的窄弄幽巷步入六十年代五十年代。下次见面时，愿相看妩媚如昔，城如此，唉，人亦如此。

祖籍闽南，说来也巧，偌大一座台北城，二十多年来只住过两条闽南风味的小街：同安街和厦门街。同安街只住了两年半，后来的二十四年就一直在厦门街。如果台北是我的“家城”（英文有这种说法），厦门街就是我的“家街”了。这家，是住出来的，也是写出来的。八千多个日子，二十几番夏至和秋分，即使是一片沙漠，也早已住成家了。多少篇诗和散文，多少部书，都是在临巷的那个窗口，披一身重重叠叠深深浅浅的绿阴，吟哦而成。我的作品既在那一带的巷间孕化而成，那条小街，那些曲巷也不时浮现在我的字里行间，成为现代文学里的一个地理名词。萤塘里、网溪里，久已育我以灵感，希望掌管那一带的地灵土仙能知晓，我的灵感也荣耀过他们。厦门街的名字，在我的香港读者之间，也不算陌生。

有意无意之间，在台北，总觉得自己是“城南人”，不但住在城南，工作也在城南。岛内最具规模的三座学府全在城南，甚至南郊；北起丽水街，南迄指南山麓，我的金黄岁月都挥霍在其中。思潮文风，在杜鹃花簇的迷锦炫绣间起伏回荡。当时年少，曾餍过多少稚美的青睐青眼，西去取经，分不清，身是堂吉诃德或唐僧。对我而言，古亭区该是中国文化最高的地区，记忆也最密。即连那“家巷”的左邻右舍，前翁后媪，也在植物一般悠久而迟缓的默契里，相习而相忘，相近相亲。出得巷去，左手是裁缝铺子、理发店、豆浆店然后是电料行，右手是西药行、杂货店、花店、照相馆……闭着眼睛，我可以一家家数过去，梦游一般直数到汀州街口。前年夏天从香港回台北，一天晚上，去巷口那家药行买药。胖胖的老板娘在柜台后面招呼我，还是二十年来那一口潮州国语。不见老板，我问她老板可好。“过身了——今年春天。”说着她眼睛一阵湿，便流下了泪来。我也为之黯然神伤，一时之间，不知怎么安慰才好，默默相对了片刻，也就走开了。回家的路上，我很是感动，心里满溢着温暖的乡情，一问一答之间，那妇人激动的表情，显示她已经把我当成了亲人。二十年来，我是她店里的常客，和她丈夫当然也是稔熟的。我更想起十八年前母亲去世，那时是她问我答，流泪的是我，嗫嚅相慰的是她。久邻为亲，那一切一切，城南人怎会忘记?

对我而言，城北是商业区，新社区，无论它有多繁华，我的台北仍旧在城南。台北是愈长愈高了，长得好快，七十年代八十年代在城的东北，在松山机场那一带喊他。未来在召唤，好多城南人禁不起那诱惑，像何凡、林海音那一家，便迁去了城北，一窝蜂一窝鸟似的，住在高高的大公寓里，和下面的世界来往，完全靠按钮。等到高速公路打通，桃园的国际机场建好，大台北无阻的步伐，该又向西面迈进了。

该来的，什么也挡不住。已去的，也无处可招魂。当最后一位按摩女的笛声隐隐，那一夜在巷底消逝，有一个时代便随她去了。留下的是古色的月光，情人、诗人的月光，仍祟着城南那一带的灰瓦屋，矮围墙，弯弯绕绕的斜街窄巷。以南方为名的那些街道——晋江街、韶安街、金华街、云和街、泉州街、潮州街、温州街、青田街，当然，还有厦门街——全都有小巷纵横，奇径暗通，而门牌之纷乱，编号排次之无轨可循，使人逡巡其间，迷路时惶惑如智穷的白鼠，豁然时又自得如天才的侦探。几乎家家都有围墙，很少巷子能一目了然，巷头固然望不见巷腰，到了巷腰，也往往看不出巷底要通往何处。那一盘盘交缠错综的羊肠迷宫，当时陷身其中，固曾苦于寻寻觅觅，但风晨雨夜，或是奇幻的月光婆娑的树影下走过，也赋给了我多少灵感。于今隔海想来，那些巷子在奥秘中寓有亲切，原是最耐人咀嚼的。黄昏的长巷里，家家围墙飘出的饭香，吟一首民谣在召归途的行人：有什么，比这更令人低回的呢？

最耐人寻味的小巷，是同安街东北行，穿过南昌街后，通向罗斯福路的那一段。长只五六十码，狭处只容两辆脚踏车蠕行相交。上面晾着未干的衣裳，两旁总排着一些脚踏车手推车，晒些家常腌味，最挤处还有些小孩子在嬉游。砖墙石壁半已剥蚀，颓败的纹理伸手可触。近罗斯福路出口处还有个小小的土地祠，简陋可笑的装饰也无损其香火不绝，供果长青。那恐怕是世界上最短最窄的一条陋巷了。从师大回家的途中，不记得已蜿穿过几千次了，对于我，那是世界上最滑稽最迷人最市井风的一段街景。电视天线接管了日窄的天空，古台北正在退缩。撼地压来的开路机啊，能绕道而行放过这几座历史的残堡吗？

在《蒲公英的岁月》里，曾说过喜欢的是那岛，不是那城。台北啊我怎能那样说，对你那样不公平？隔着南中国海的烟波，向香港的电视幕上，收看邻区都市的气象，汉城和东京之后总是台北，是阴是晴是变冷是转热是风前或雨后，都令我特别关心。台风自海上来，将掠台湾而西，扑向厦门和汕头，那气象报告员说，不然便是寒流凛凛自华中南下，气温要普遍下降，明天莫忘多加衣。只有在那一刹那，才幻觉这一切风云雨雾原本是一体，拆也拆不开的。

香港有一种常绿的树，黄花长叶，属刺槐科，据说是移植自台湾，叫“台湾相思”。那样美的名字，似乎是为我而取。

前贤与旧友

1

第一次参加"'中华民国'笔会"并随团出国开会，已经是四十年前的事了。那是一九六一年耶诞的前夕，去马尼拉出席"亚洲作家会议"，由会长罗家伦领团，陈纪滢、邱楠担任副团长，团员则包括李曼瑰、卢月化、冯放民、钟鼎文、王蓝和我。

那时我才三十三岁，是全团最年轻的代表，但在文坛上已经颇不寂寞。仅仅是两年前，就因现代诗的论战与言曦交过手，而言曦，正是副团长邱楠的笔名。"冤家路窄"，两人见了面，不免有些尴尬。他毕竟长我十几岁，阅世已深，当时不动声色，放下身段，待我十分客气，甚至把他准备在会上宣读的英文论文请我"过目"。

当然，真正引人瞩目的是团长罗家伦。这位五四风云人物，早年与傅斯年齐名，后来做过清华与中央的校长，抗战期间更以《新人生观》一书享誉文坛，而“左公柳拂玉门晓，塞外春光好”的名句也成了传唱众口的歌词。抗战胜利后，我从四川回到南京，正是高三的毕业生，曾因一本英文小说中把guillotine误印为quillotine，遍查字典不获而写信去请教罗家伦，但未接回信。那时学生之间盛传罗家伦如何博学，说他每一科的学问至少都超过该科的高材生云云。

一九六一年初，我英译的《中国新诗选》在香港出版，美国驻台北领事馆举办茶会庆祝，胡适亲临致词，罗家伦也应邀参加，对当日的青年诗人鼓舞很大。翌年胡适便去世了。我却有幸再见罗家伦，并且随他去马尼拉开会。

五四游行示威的现场，那篇悲壮的《北京学界全体宣言》是罗家伦起草的，其中的名句例如“外争主权，内除国贼……中国的土地可以征服不可以断送！中国的人民可以杀戮不可以低头！”一直传诵至今。那一年，健笔淋漓的热血青年才二十三岁。带我们去马尼拉的罗家伦，这时，却已经六十五岁，显然老了，最辉煌的岁月已成背影。我握住他的手，像握住一支熄了的火炬，柄上还有些五四的余温，令人怅念当年的壮丽。眼前的老人身材瘦弱，显得头颅硕大，宽阔的面额向两颊斜削，止于方钝的下颔。深度的镜片后面仍转动着深邃的眼神，沧桑之中不掩智慧的光彩。他说话了，喉音低抑而迟疑，似乎要动员许多肌肉才发得出声来。有一次我们陪他乘电梯上楼，他一进电梯就作势要说什么，一番清理喉咙，直到十楼还在喑哑嗫嚅，未能畅所欲言。

三年后，我在《文星》杂志上发表那篇凌厉的短文《下五四的半旗》时，潜意识里也许闪现过这一幕沧桑。

2

六〇年代现代诗与现代画的论战，促进了年轻一代自命前卫的作家与艺术家的现代化，冲力可惊。但其过程却可分两个阶段：前半期对传统提出质疑，甚至加以否定，以为西化便是现代化的捷径；后半期对传统与西化都觉得应该重估，不应该但见其异，不见其同，而真正现代化之完成，应求之于贯通中西，融会今古。《下五四的半旗》咄咄逼人，正是其前半期的风格。此文刊于《文星》一九六四年四月号，当年秋天我便去美国教书了。翌年六月，我在宾州盖提斯堡，为新书《逍遥游》所写的后记里，有这么一段：

> 在《逍遥游》《鬼雨》一类的作品里，我倒当真想在中国文字的风火炉中，炼出一颗丹来。在这一类的作品里，我尝试把中国的文字压缩、捶扁、拉长、

磨利，把它拆开又拼拢，折来且叠去，为了试验它的速度、密度和弹性。我的理想是要让中国的文字，在变化各殊的句法中，交响成一个大乐队，而作家的笔应该一挥百应，如交响乐的指挥杖。只要看看，像林语堂和其他作家的散文。如何仍在单调而僵硬的句法中，跳怪凄凉的八佾舞，中国的现代散文家就应猛悟散文早该革命了。

看得出，年少气盛的我久已不满早期白话文但求表意不求炼美的稀淡风格，颇以改革求变自许，对于林语堂步武晚明小品标榜性灵的文章很不耐烦。六〇年代中期，这位幽默大师从美国来台小住，不但文坛欢迎，更获当局礼遇。青年作家们正热衷于引进现代主义以突破当局文以载道的闷局，大师却一贯地潇洒从容，仍吸他西方绅士的烟斗来清谈闲雅的中国文化，令人觉得文不对题。一九六七年我写的《七十岁以后》便是针对此事：

七十岁以后我就握一柄圆滑的烟斗
或者抽，或者不抽
青烟就从斗魁里升起
记者们迷惑的眼里
那就是一缕芬芳的文化了

之后，把斗口翻过来
向一只麒麟叩一叩
有文化的烟灰就落进烟缸里去了
叩一叩，用同一只手
用同一只手，三十岁，举火炬
七十岁，举烟斗，有些颤抖

红楼梦醒，有人楼上愁

“所以说，我们的文化……”
愤怒之后，一切是潇洒
握过火焰，握烟斗和钓竿
所以说，所以说，所以说
说一些钓经，烟道，一些不相干
不相干的氤氲中
记者们的头颅此起彼落
我告诉你，你告诉我
“他的话，真是好幽默啊！”

熟悉英诗的人读到这么一首诗，很容易想起拜伦与雪莱写给前辈华兹华斯的讽刺诗，甚至艾略特讽刺前辈罗素的

《阿波里奈克斯先生》。当时我意犹未尽，又用英文写了六行小诗，附于原诗之后，名为Incidental Lines：

I met the Master at a feast,
And both were overfed：
The Master, with what he ate,
And I, with what he said
On the essence and the assence
Of cultural renaissance.

这种诗拜伦也会写的，雪莱想写却未必能工，至于颇普，更是此中高手。其实当年我自命前卫，写《剪掉散文的辫子》时，颇逞“文起八代之衰”的豪气，对林语堂未尽公平。像他那一代的早期作家一样，在白话文发轫之初，林语堂对小品文的要求仅止于晚明的风味，原本无意要炼出什么戛戛独造的珍奇文体。尽管如此，他的小品文抒发性灵，兼有中国读书人的儒雅，西方绅士的风趣，加上名士的率真与脱俗，乃能以言志拆穿载道，在杀气腾腾的左翼作家与酸气馊腐的卫道人士之外，另辟出一片风景，供三二知己娓娓清谈，侃侃阔论。如此无视现实、不肯革命的名士，当然不见容于左派。有趣的是，在同样是自由主义的学者型作家之中，却有一位绝顶高手钉上了他，嘲笑不绝。晚生十五年的钱锺书，左批严肃的鲁迅，右批幽默的林语堂，虽为学界的大师，却是文坛的独行侠。无论在散文《说笑》或短篇小说《猫》里，钱锺书对林语堂的讽刺都十分辛辣，认为他西学不够深刻，幽默有欠自然。这也难怪，钱原是“黑色幽默”的狙击手，在这方面谁能跟他“比酷”呢？尽管如此，钱在《说笑》一文中分析humor，用的中译却正是林语堂首创的“幽默”，终于还是吃了一次亏。

钱锺书的讽刺文章，不知林语堂见过没有，至少他从未回敬过。同样的，我也不知道自己的那首《七十岁以后》林语堂曾否过目。只记得生平仅和他会过一次面，林夫人也在场，似乎还有别人。那场合应该是在一九六九年，林先生刚接任笔会会长不久。我因为发表过《七十岁以后》而感到心虚，他却根本未提到这件事，可能完全不知情。他和我大概只交谈了十几分钟，说些什么我全忘了，只记得他神情愉快而自然，语调悠闲而低缓，带着漳州口音，虽然老了，却敏捷而饶谐趣，显然已进入从心所欲的晚境，令人直觉，五四人物经过半世纪的风霜，本该如此。

林先生担任笔会会长，从一九六九年到一九七四年，共为五年，任内举办了规模盛大的“亚洲作家会议”，众多来宾之中包括了川端康成。林先生的声望当然足以号召文坛，但会议所以成功，也有赖彭歌、王蓝、殷张兰熙等的合作。林先生卸任后，第二年当选国际笔会副会长，第三年就去世了。

3

从林语堂到我，“中华民国”笔会的会长依次是陈裕清、彭歌、张兰熙。陈裕清与彭歌都任职于新闻界，是所谓报人。陈裕清是杰出的记者，但难称文坛人士。彭歌却是不折不扣的作家，不仅擅写小说与专栏，在翻译上也有成就。

张兰熙的情形最为特殊。她的丈夫殷之浩是卓然有成的企业家，所以在正式场合她冠上夫姓，成为殷张兰熙。她的母亲是美国人，因此容貌与神情之中有高加索佳人的倩影，取的英文名字正是与“兰熙”呼应的Nancy。朋友都直接叫她Nancy，气氛自然亲切。

她既身为混血之淑女，又出身金陵女子大学的外文系，英语自然流畅而道地，在中西之间的交际场合自然左右逢源。但令她更加可亲的，是她脸上常绽的笑靥，流动着眸光与齿光，那样纯真而自然，赢人好感。我一直觉得英文的disarming一词，是最配她的形容词。

兰熙曾在东吴大学授过英诗，也写过一些英诗，但是她主要的贡献在于编辑与翻译。早在她担任笔会会长之前，她就创办Chinese PEN Quarterly，英译台湾的文学作品，介绍给国际的文坛。这份刊物在国际笔会众多会员国之间，是出版最准时，刊期最频，维持最久的纯文学会刊。在齐邦媛接手之前，几乎一直是兰熙独主编务，分配译稿，并且寄到各国去。为了维持下去，她不但要参加英译，还要向各机关“晓以大义”，取得补助。

每逢国际笔会召开年会，兰熙更要随团甚至领队出席，于公则代表台北的席次，于私则广交各国的作家。凭了熟悉西方的背景，流利无碍的英文、开朗可亲的性格、东方淑女的风姿，她在国际的人缘十分之好，跟许多国外的作家都可以互称小名。加以她所主编的英文季刊很得好评，而在会场又常为弱势的分会仗义发言，因此在提名选举国际笔会的副会长时，她几乎是以全票通过。

兰熙虽是中美混血之身，却是十足的华夏之女，爱国绝不输人。在顺境之中她尽管温婉而妩媚，一旦面对逆境她也会挺身而出，据理力争，展现大无畏的精神。

当然，兰熙也有很像女人的时候。有一次我们去伦敦开会，会后她陪我去最有名的哈罗德公司，为我存选购连衣裙。我挑中了一件咖啡色彩的套装，女店员问：“你太太究竟是穿几号？”我真是答不出，只见兰熙在一旁笑我糊涂。我灵机一动，召她过来，将她拦腰一抱。此举来得唐突，她还没回过神来，我对女店员大声说：“大一号！”两个女人笑成一团。

兰熙做会长任满，推荐由我接班。同人商议要在交接典礼上赠她纪念铜牌，并要我来题词。我想到彭斯的名句：

I'll ne'er blame my partial fancy,
Naething could resist my Nancy;

稍加改动，正好合用。于是铜牌刻上这么两行：

We'll ne'er blame our partial fancy,
Naething could resist our Nancy.

多年来，台北的文坛有两位好客的女主人。去她们府上做客，是令人难忘的温馨盛会。林海音刚中有柔，张兰熙柔中含刚。在我心中她们都是可敬而又可爱的女侠。曾几何时，海音竟已离开了人世，兰熙也已离开了台北。盛会不再，只留下了一座空城。听说兰熙在加州，身体仍健，只是有点健忘了。是真的吗？这样侠气的好友，就算她一时记不起我们，难道我们会忘了她吗？

另一段城南旧事

林海音的小说名著《城南旧事》写英子七岁到十三岁的故事，所谓城南，是指北京的南城。那故事温馨而亲切，令人生怀古的清愁，广受读者喜爱。但英子长大后回到台湾，另有一段“城南旧事”，林海音自己未写，只好由女儿夏祖丽来写了。这第二段旧事的城南，却在台北。

初识海音，不记得究竟何时了。只记得来往渐密是在六〇年代之初。我在“联副”经常发表诗文，应该始于一九六一，已经是她十年主编的末期了。我们的关系始于编者与作者，渐渐成为朋友，进而两家来往，熟到可以带孩子上她家去玩。

这一段因缘一半由地理促成。夏家住在重庆南路三段十四巷一号，余家住在厦门街一一三巷八号，都在城南，甚至同属古亭区。从我家步行去她家，越过江州街的小火车铁轨，沿街穿巷，不用十五分钟就到了。

当时除了单篇的诗文，我还在“联副”刊登了长篇的译文，包括毛姆颇长的短篇小说《书袋》和《生活》杂志上报道拜伦与雪莱在意大利交往的长文《缪斯在意大利》，所以常在晚间把续稿送去她家。

记得夏天的晚上，海音常会打电话邀我们全家去夏府喝绿豆汤。珊珊姐妹一听说要去夏妈妈家，都会欣然跟去，因为不但夏妈妈笑语可亲，夏家的几位大姐姐也喜欢这些小客人，有时还会带她们去街边"捞金鱼"。

海音长我十岁，这差距不上不下。她虽然出道很早，在文坛上比我先进，但是爽朗率真，显得年轻，令我下不了决心以长辈对待。但径称海音，仍觉失礼。另一方面，要我像当时人多话杂的那些女作家昵呼"海音姐"或"林大姐"，又觉得有点俗气。同样的，我也不喜欢叫什么"夏菁兄"或"望尧兄"。叫"海音女士"吧，又太做作了。最后我决定称她"夏太太"，因为我早已把何凡叫定了"夏先生"，似乎以此类推，倒也顺理成章。不过我一直深感这称呼太淡漠，不够交情。

夏家的女儿比余家的女儿平均要大十二三岁，所以祖美、祖丽、祖葳领着我们的四个小珊转来转去，倒真像一群大姐姐。她们玩得很高兴，不但因为大姐姐会带，也因为我家的四珊，不瞒你说，实在很乖。祖焯比我家的孩子大得太多，又是男生，当然远避了这一大群姐妹淘。

不过在夏家做客，亲切与热闹之中仍感到一点，什么呢，不是陌生，而是奇异。何凡与海音是不折不扣的北京人，他们不但说京片子，更办《国语日报》，而且在国语推行委员会工作。他们家高朋满座，多的是卷舌善道的北京人。在这些人面前，我们才发现自己是多么口钝的南方人，Zh、Ch不卷，Sh、S不分，一口含混的普通话简直张口便错。用语当然也不道地，海音就常笑我把“什么玩意儿”说成了“什么玩意”。有一次我不服气，说你们北方人“花儿鸟儿鱼儿虫儿”，我们南方人听来只觉得“肉麻儿”。众人大笑。

那时候台北的文人大半住在城南。单说我们厦门街这条小巷子吧，曾经住过或是经常走过的作家，至少就包括潘垒、黄用、王文兴与“蓝星”的众多诗人。巷腰曾经有《新生报》的宿舍，所以彭歌也常见出没。巷底通到同安街，所以《文学》杂志的刘守宜、吴鲁芹、夏济安也履印交叠。所以海音也不时会走过这条巷子，甚至就停步在我家门口，来按电铃。

就像旧小说常说的，“光阴荏苒”，这另一段“城南旧事”随着古老的木屐踢踏，终于消逝在那一带的巷尾弄底了。夏家和余家同一年搬了家。从一九七四年起，我们带了四个女儿就定居在香港。十一年后我们再回台湾，却来了高雄，常住在岛南，不再是城南了。厦门街早已无家可归。

夏府也已从城南迁去城北，日式古屋换了新式的公寓大厦，而且高栖在六楼的拼花地板，不再是单层的榻榻米草席。每次从香港回台，几乎都会去夏府做客。众多文友久别重聚，气氛总是热烈的，无论是餐前纵谈或者是席上大嚼，那感觉真是宾至如归，不拘形骸到喧宾夺主。女主人天生丽质的音色，流利而且透彻，水珠滚荷叶一般畅快圆满，却为一屋的笑语定调，成为众客共享的耳福。夏先生在书房里忙完，往往最后出场，比起女主人来也“低调”多了。

海音为人，宽厚、果决、豪爽。不论是做主编、出版人或是朋友，她都有海纳百川的度量，我不敢说她没有敌人，但相信她的朋友之多，友情之笃，是罕见的。她处事十分果决，而且决定得很快，我几乎没见过她当场犹豫，或事后懊悔。至于豪爽，则来自宽厚与果决：宽厚，才能豪，果决，才能爽。跟海音来往，不用迂回；跟她交谈，也无须客套。

这样豪爽的人当然好客。海音是最理想的女主人，因为她喜欢与人共享，所以客人容易与她同乐。她好吃，所以精于厨艺，喜欢下厨，更喜欢陪着大家吃。她好热闹，所以爱请满满一屋子的朋友聚谈，那场合往往是因为有远客过境，话题新鲜，谈兴自浓。她好摄影，主要还是珍惜良会，要留刹那于永恒。她的摄影不但称职，而且负责。许多朋友风云际会，当场拍了无数照片，事后船过无纹，或是终于一叠寄来，却曝光过度，形同游魂，或阴影深重，疑是卫夫人的墨猪，总之不值得保存，却也不忍心就丢掉。海音的照片不但拍得好，而且冲得快，不久就收到了，令朋友惊喜加上感佩。

所以去夏府做客，除了笑谈与美肴，还有许多近照可以传观，并且引发话题。她家的客厅里有不少小摆设，在小鸟与青蛙之外，更多的是象群。她收集的瓷象、木象、铜象姿态各殊，洋洋大观。朋友知道她有象癖，也送了她一些，总加起来恐怕不下百头。这些象简直就是她的“象征”，隐喻着女主人博大的心胸、祥瑞的容貌。海音素称美女，晚年又以“资深美女”自嘲自宽。依我看来，美女形形色色，有的美得妖娆，令人不安；海音却是美得有福相的一种。

这位美女主编，不，资深美女加资深主编，先是把我的稿子刊在“联副”，继而将之发表于《纯文学》月刊，最后又成为我好几本书的出版人。我的文集《望乡的牧神》《焚鹤人》《听听那冷雨》《青青边愁》，诗集《在冷战的年代》，论集《分水岭上》都在她主持的“纯文学出版社”出书，而且由她亲自设计封面，由作者末校。我们合作得十分愉快：我把编好的书稿交给她后一切都不用操心，三四个星期之后新书就到手了。欣然翻玩之际，发现封面雅致大方，内文排印悦目，错字几乎绝迹，捧在手里真是俊美可爱。那个年代书市兴旺，这大本书销路不恶，版税也付得非常爽快，正是出版人一贯的作风。

“纯文学出版社”经营了廿七年，不幸在一九九五年结束。在出版社同人与众多作者的一片哀愁之中，海音指挥若定，表现出“时穷节乃见”的大仁大勇。她不屑计较琐碎的得失，毅然决然，把几百本好书的版权都还给了原作者，又不辞辛劳，一箱一箱，把存书统统分赠给他们。这样的豪爽果断，有情有义，有始有终，堪称出版业的典范。当前的出版界，还找得到这样珍贵的品种吗?

海音在“纯文学出版社”的编务及业务上投注了多年的心血，对台湾文坛甚至早期的新文学贡献很大。祖丽参与社务，不但为母亲分劳，而且笔耕勤快，有好几本访问记列入“纯文学丛书”。出版社曲终人散，虽然功在文坛，对垂垂老去的出版人仍然是伤感的事。可是海音的晚年颇不寂寞，不但文坛推重，友情丰收，而且家庭幸福，亲情洋溢。虽然客厅里挂的书法题着何凡的名句“在苍茫的暮色里加紧脚步赶路”，毕竟有何凡这么忠贞的老伴相互“牵手”，走完全程。而在她文学成就的顶峰，《城南旧事》在大陆拍成电影，赢得多次影展大奖，又译成三种外文，制成绘图版本。

在海音七十大寿的盛会上，我献给她一首三行短诗，分别以寿星的名字收句。子敏领着几位作家，用各自的乡音朗诵，颇为叫座。我致词说：“林海音岂止是长青树，她简直是长青林。她植树成林，我们就在那林阴深处……常说成功的男人背后必有一位伟大的女性。现在是女强人的时代，照理成功的女人背后也必有一位伟大的男性。可是何凡和林海音，到底谁在谁的背后呢？还是俗语说得好，夫妻是‘牵手’。这一对伉俪并肩携手，都站在前面。”

暮色苍茫得真快，在八十岁的寿宴上，我们夫妻的座位安排在寿星首席。那时的海音无复十年前的谈笑自若了。宾至的盛况不逊当年，但是热闹的核心缺了主角清脆动听的女高音，不免就失去了焦聚。美女再资深也终会老去，时光的无礼令人怅愁。我应邀致词，推崇寿星才德相侔，久负文坛的清望，说一度传闻她可能出任“文化部长”：“如果早二十年，她确是文化部长的最佳人选。可是，一个人做了林海音，还稀罕做文化部长吗？”这话突如其来，激起满堂的掌声。

四年后时光的无礼变成绝情。我发现自己和齐邦媛、痖弦坐在台上，面对四百位海音的朋友追述她生前的种种切切。深沉的肃静低压着整个大厅。海音的半身像巨幅海报高悬在我们背后，熟悉的笑容以亲切的眸光、开朗的齿光煦照着我们，但没有人能够用笑容回应了。刚才放映的纪录片，从稚龄的英子到耄年的林先生，栩栩的形貌还留在眼睫，而放眼台下，沉思的何凡虽然是坐在众多家人的中间，却形单影只，不，似乎只剩下了一半，令人很不习惯。我长久未流的泪水忽然满眶，觉悟自己的“城南旧事”，也是祖丽姐妹和珊珊姐妹的“城南旧事”，终于一去不回。半个世纪的温馨往事，都在那幅永恒的笑貌上停格了。

文章与前额并高

自从十三年前迁居香港以来，和梁实秋先生就很少见面了。屈指可数的几次，都是在颁奖的场合，最近的一次，却是从梁先生温厚的掌中接受时报文学的推荐奖。这一幕颇有象征的意义，因为我这一生的努力，无论是文坛或学府，要是当初没有这只手的提掖，只怕难有今天。

所谓“当初”，已经是三十六年以前了。那时我刚从厦门大学转学来台，在台大读外文系三年级，同班同学蔡绍班把我的一叠诗稿拿去给梁先生评阅。不久他竟转来梁先生的一封信，对我的习作鼓励有加，却指出师承囿于浪漫主义，不妨拓宽视野，多读一点现代诗，例如哈代、豪斯曼、叶芝等人的作品。梁先生的挚友徐志摩虽然是浪漫诗人，他自己的文学思想却深受哈佛老师白璧德之教，主张古典的清明理性。他在信中所说的“现代”自然还未及现代主义，却也指点了我用功的方向，否则我在雪莱的西风里还会飘泊得更久。

直到今日我还记得，梁先生的这封信是用钢笔写在八行纸上，字大而圆，遇到英文人名，则横而书之，满满地写足两张。文艺青年捧在手里，惊喜自不待言。过了几天，在绍班的安排之下，我随他去德惠街一号梁先生的寓所登门拜访。德惠街在城北，与中山北路三段横交，至则巷静人稀，梁寓雅洁清幽，正是当时常见的日式独栋平房。梁师母引我们在小客厅坐定后，心仪已久的梁实秋很快就出现了。

那时梁先生正是知命之年，前半生的大风大雨，在大陆上已见过了，避秦也好，乘桴浮海也好，早已进入也无风雨也无晴的境界。他的谈吐，风趣中不失仁蔼，谐谑中自有分寸，十足中国文人的儒雅加上西方作家的机智，近于他散文的风格。他就坐在那里，悠闲而从容地和我们谈笑。我一面应对，一面仔细地打量主人。眼前这位文章巨公，用英文来说，体形“在胖的那一边”，予人厚重之感。由于发岸线（hairline）有早退之象，他的前额显得十分宽坦，整个面相不愧天庭饱满，地阁方圆，加以长牙隆准，看来很是雍容。这一切，加上他白皙无斑的肤色，给我的印象颇为特殊。后来我在反省之余，才断定那是祥瑞之相，令人想起一头白象。

当时我才二十三岁，十足一个躁进的文艺青年，并不很懂观象，却颇热衷猎狮（lion-hunting）。这位文苑之狮，学府之师，被我纠缠不过，答应为我的第一本诗集写序。序言写好，原来是一首三段的格律诗，属于新月风格。不知天高地厚的躁进青年，竟然把诗拿回去，对梁先生抱怨说：“您的诗，似乎没有特别针对我的集子而写。”

假设当日的写序人是今日的我，大概狮子一声怒吼，便把狂妄的青年逐出师门去了。但是梁先生眉头一抬，只淡淡地一笑，徐徐说道：“那就别用得了……书出之后，再跟你写评吧。”

量大而重诺的梁先生，在《舟子的悲歌》出版后不久，果然为我写了一篇书评，文长一千多字，刊于一九五二年四月十六日的《自由中国》。那本诗集分为两辑，上辑的主题不一，下辑则尽为情诗。书评认为上辑优于下辑，跟评者反浪漫的主张也许有关。梁先生尤其欣赏《老牛》与《暴风雨》等几首，他甚至这么说：“最出色的要算是《暴风雨》一首，用文字把暴风雨的那种排山倒海的气势都描写出来了，真可说是笔挟风雷。”在书评的结论里有这样的句子：

> 作者是一位年轻人，他的艺术并不年轻，短短的《后记》透露出一点点写作的经过。他有旧诗的根柢，然后得到英诗的启发。这是很值得我们思考的一条发展路线。我们写新诗，用的是中国文字，旧诗的技巧是一份必不可少的文学遗产，同时新诗是一个突然出生的东西，无依无靠，没有轨迹可循，外国诗正

是一个最好的借镜。

在那么古早的岁月，我的青涩诗艺，根柢之浅，启发之微，可想而知。梁先生溢美之词固然是出于鼓励，但他所提示的上承传统旁汲西洋，却是我日后遵循的综合路线。

朝拜缪斯的长征，起步不久，就能得到前辈如此的奖掖，使我的信心大为坚定。同时，在梁府的座上，不期而遇，也结识了不少像陈之藩、何欣这样同辈的朋友，声应气求，更鼓动了创作的豪情壮志。诗人夏菁也就这么邂逅于梁府，而成了莫逆。不久我们就惯于一同去访梁公，有时也约王敬羲同行。不知为何，记忆里好像夏天的晚上去得最频。梁先生怕热，想是体胖的关系；有时他索性只穿短袖汗衫接见我们，一面笑谈，一面还要不时挥扇。我总觉得，梁先生虽然出身外文，气质却在儒道之间，进可为儒，退可为道。可以想见，好不容易把我们这些恭谨的晚辈打发走了之后，东窗也好，东床也罢，他是如何地坦腹自放。我说坦腹，因为他那时有点发福，腰围可观，纵然不到福尔斯塔夫的规模，也总有约翰逊或纪晓岚的分量，足证果然腹笥深广。据说，因此梁先生买腰带总嫌尺码不足，有一次，他索性走进中华路一家皮箱店，买下一只大皮箱，抽出皮带，留下箱子，扬长而去。这倒有点《世说新语》的味道了，是否谣言，却未向梁先生当面求证。

梁先生好客兼好吃，去梁府串门子，总有点心招待，想必是师母的手艺吧。他不但好吃，而且懂吃，两者孰因孰果，不得而知。只知他下笔论起珍馐名菜来，头头是道。就连既不好吃也不懂吃的我，也不禁食指欲动，馋肠若蠕。在糖尿病发之前，梁先生的口福委实也饫足了。有时乘兴，他也会请我们浅酌一杯。我若推说不解饮酒，他就会作态佯怒，说什么“不烟不酒，所为何来”，引得我和夏菁发笑。有一次，他斟了白兰地飨客，夏菁勉强相陪。我那时真是不行，梁先生说“有了”，便向橱顶取来一瓶法国红葡萄酒，强调那是一八四二年产，朋友所赠。我总算喝了半盅，飘飘然回到家里，写下《饮一八四二年葡萄酒》一首。梁先生读而乐之，拿去刊在《自由中国》上，一时引人瞩目。其实这首诗学济慈而不类，空余浪漫的遐想；换了我中年来写，自然会联想到鸦片战争。

梁先生在台北搬过好几次家。我印象最深的两处梁宅，一在云和街，一在安东街。我初入师大（那时还是省立师范学院）教大一英文，一年将满，又偕夏菁去云和街看梁先生。谈笑及半，他忽然问我：“送你去美国读一趟书，你去吗？”那年我已三十，一半书呆，一半诗迷，几乎尚未阅世，更不论乘飞机离岛。对此一问，我真是惊多喜少。回家和我存讨论，她是惊少而喜多，马上说：“当然去！”这一来，里应外合势成。加上社会压力日增，父亲在晚餐桌上总是有意无意地报导："某伯伯家的老三也离台了！"我知道偏安之日已经不久。果然三个月后，我便文化充军，去了秋色满地的爱荷华城。

从美国回来，我便专任师大讲师。不久，梁先生从英语系主任变成了我们的文学院长，但是我和夏菁去看他，仍然称他梁先生。这时他又迁到安东街，住进自己盖的新屋。稍后夏菁的新居在安东街落成，他便做了令我羡慕的梁府近邻，也从此，我去安东街，便成了福有双至，一举两得。安东街的梁宅，屋舍俨整，客厅尤其宽敞舒适，屋前有一片颇大的院子，花木修护得可称多姿，常见两老在花畦树径之间流连。比起德惠街与云和街的旧屋，这新居自然优越了许多，更不提广州的平山堂和北碚的雅舍了。可以感受得到，这新居的主人住在"家外之家"，怀乡之余，该是何等的快慰。

六十五岁那年，梁先生在师大提前退休，欢送的场面十分盛大。翌年，他的"终身大事"，莎士比亚戏剧全集之中译完成，朝野大设酒会庆祝盛举，并有一女中的学生列队颂歌：想莎翁生前也没有这般殊荣。师大英语系的晚辈同事也设席祝贺，并赠他一座银盾，上面刻着我拟的两句赞词："文豪述诗豪，梁翁传莎翁。"莎翁退休之年是四十七岁，逝世之年也才五十二岁，其实还不能算翁。同时莎翁生前只出版了十八个剧本，梁翁却能把三十七本莎剧全部中译成书。对比之下，梁翁是有福多了。听了我这意见，梁翁不禁莞尔。

这已经是二十年前的事了。后来夏菁担任联合国农业专家，远去了牙买加。梁先生一度旅居西雅图。我自己先则旅美两年，继而去了香港，十一年后才回台湾。高雄与台北之间虽然只是四小时的车程，毕竟不比厦门街到安东街那么方便了。青年时代夜访梁府的一幕一幕，皆已成为温馨的回忆，只能在深心重温，不能在眼前重演。其实不仅梁先生，就连晚他一辈的许多台北故人，也都已相见日稀。四小时的车尘就可以回到台北，却无法回到我的台北时代。台北，已变成我的回声谷。那许多巷弄，每转一个弯，都会看见自己的背影。不能，我不能住在背影巷与回声谷里。每次回去台北，都有一番近乡情怯，怕卷入回声谷里那千重魔幻的漩涡。

在香港结交的旧友之中，有一人焉，竟能逆流而入那回声的漩涡，就是梁锡华。他是徐志摩专家，研究兼及闻一多，又是抒情与杂感兼擅的散文家，就凭这几点，已经可以跻列梁门，何况他对梁先生更已敬仰有素。一九八〇年七月，法国人在巴黎举办抗战文学研讨会，有代表旧案重提，再诬梁实秋反对抗战文学。梁锡华即席澄清史实，一士谔谔，力辩其诬。夏志清一语双关，对锡华跷起大拇指，赞他“小梁挑大梁”！我如在场，这件事义不容辞，应该由我来做。锡华见义勇为，更难得事先覆按过资料，不但赢得梁先生的感激，也使我这受业弟子深深感动。

梁实秋就是梁实秋，这三个字在文学思想上代表一种坚定的立场和价值，已有近六十年的历史。

梁实秋的文学思想强调古典的纪律，反对浪漫的放纵。他认为革命文学也好，普罗文学也好，都是把文学当做工具，眼中并无文学；但是在另一方面，他也不赞成为艺术而艺术，因为那样势必把艺术抽离人生。简而言之，他认为文学既非宣传，亦非游戏。他始终标举安诺德所说的，作家应该“沉静地观察人生，并观察其全貌”。因此他认为文学描写的充分对象是人生，而不仅是阶级性。

黎明版《梁实秋自选集》的小传，说作者“生平无所好，惟好交友、好读书、好议论”。这三好之中的末项，在大陆时代表现得最为出色，所以才会招惹鲁迅而陷入重围。季季在访问梁先生的记录《古典头脑，浪漫心肠》之中，把他的文学活动分成翻译、散文、编字典、编教科书四种。这当然是梁先生的台湾时代给人的印象。其实梁先生在大陆时代的笔耕，以量而言，最多产的是批评和翻译，至于《雅舍小品》，已经是四十岁以后所作，而在台湾出版的了。《梁实秋自选集》分为文学理论与散文二辑，前辑占一九八页，后辑占一六二页，分量约为五比四，也可见梁先生对自己批评文章的强调。他在答季季问时说：“我好议论，但是自从抗战军兴，无意再作任何讥评。”足证批评是梁先生早岁的经营，难怪台湾的读者印象已淡。

一提起梁实秋的贡献，无人不知莎翁全集的浩大译绩，这方面的声名几乎掩盖了他别的译书。其实翻译家梁实秋的成就，除了莎翁全集，尚有《织工马南传》《呼啸山庄》《百兽图》《西塞罗文录》等十三种。就算他一本莎剧也未译过，翻译家之名他仍当之无愧。

读者最多的当然是他的散文。《雅舍小品》初版于一九四九年，到一九七五年为止，二十六年间已经销了三十二版；到现在想必近五十版了。我认为梁氏散文所以动人，大致是因为具备下列这几种特色：

首先是机智闪烁，谐趣叠生，时或滑稽突梯，却能适可而止，不堕俗趣。他的笔锋有如猫爪戏人而不伤人，即使讥讽，针对的也是众生的共相，而非私人，所以自有一种温柔的美感距离。其次篇幅浓缩，不事铺张，而转折灵动，情思之起伏往往点到为止。此种笔法有点像画上的留白，让读者自己去补足空间。梁先生深信“简短乃机智之灵魂”，并且主张“文章要深，要远，就是不要长”。再次是文中常有引证，而中外逢源，古今无阻。这引经据典并不容易，不但要避免出处太过俗滥，显得腹笥寒酸，而且引文要来得自然，安得妥帖，与本文相得益彰，正是学者散文的所长。

最后的特色在文字。梁先生最恨西化的生硬和冗赘，他出身外文，却写得一手道地的中文。一般作家下笔，往往在白话、文言、西化之间徘徊歧路而莫知取舍，或因简而就陋，一白到底，一西不回；或弄巧而成拙，至于不文不白，不中不西。梁氏笔法一开始就逐走了西化，留下了文言。他认为文言并未死去，反之，要写好白话文，一定得读通文言文。他的散文里使用文言的成分颇高，但不是任其并列，而是加以调和。他自称文白夹杂，其实应该是文白融会。梁先生的散文在中岁的《雅舍小品》里已经形成了简洁而圆融的风格，这风格在台湾时代仍大致不变。证之近作，他的水准始终在那里，像他的前额一样高超。